字母會 I無人稱

L'abécédaire de la littérature

I comme Impersonnel

目次

L'abécédaire de la littérature:
I comme Impersonnel

字母會 無人稱

楊凱麟

I如同「無人稱」

I comme Impersonnel

小說書寫種種陌異的經驗，陌異的生命與陌異的愛情、死亡、災難、希望、勇敢、貪婪、卑微與榮耀，讀者因小說透析的陌異而動情並深受啟發，這是在文學內部啟程的尤利西斯之旅。但真正的陌異不來自任何人（即使是「異鄉人」）的經驗，不是真實世界的簡單映射與轉錄（經驗再怎麼不可思議仍不是文學），因為真正的陌異來自非人、去主體與無人稱的狀態，不是你、我或他的回憶或誇張想像。小說動人之處便在於它是純粹「非我之物」，取消了「說我的權力」與取消「人性與太人性的束縛」以便闖入「世界時間」之中，迫出以不可感知與無可辨別的力量所積漸堆疊的無人稱威力，它們在小說中能以「我」或「他」真正發聲之前便飽滿充盈在每一個分子之中，是小說所真正述說的事件。文學是無人稱的，因為它總是在分子的層級發生，在「人」與角色誕生之前便已風起雲湧。小說的主角不是任何人物（包法利夫人、邦迪亞家族、吉訶德先生……）亦不是人稱（你、我、他、我們、他們……），而是流湧於世界時間中的無人稱威力，是角色與人物塑形之前的

「前個體」狀態，以及由此威力所多元牽動變化的「非人的風景」與「非人的流變」。

「多年後，奧瑞里亞諾．邦迪亞上校面對槍斃行刑隊，將會想起父親帶他去找冰塊的那個遙遠的下午。」事件正以不可感的方式團繞成雲霧，在故事進場之前，在人與人稱之前，不可感知、無可辨別與無人稱的陌異性已經與小說同時降臨，磁石吸拉著腐朽的金屬，放大鏡轟然焚燒著乾草，羅盤引導著不可見的北方魔境……「人缺席，但卻整個在風景之中。」塞尚這麼說。

在表面的人稱之下尋覓無人稱的事件，讓書中的角色因肉身化各種事件而獨具生命的強度，如同是文學所展示的一個又一個特異點。

以文字牽動在人誕生之前的混沌與不可決力量，捨棄不藉由人稱的想像便無法書寫的習慣，不需模仿亦不需複製人的既有形象（不論屬於道德、宗教或愛情），讓書寫置身於世界時間之中，召喚最基進的陌異性，由「我」與我的素樸經驗中逃離。究極而言，甚至沒有「我的陌異經驗」，因為固定不變的「我」亦已被瓦解，只有不斷由四處湧現與變動的微小知覺，在一切可感知門檻之下（因此不可感知與不可區辨）的顏色、冷熱、光影、氣味、快樂、饑餓、敵意、痛苦、口渴……，它們浸泡簇擁著書裡的各色人物，成為個體成形的條件，在被察覺之前便已決定了事件降臨的法則。

書寫就是書寫不可感知又是唯一必須感知之物。作家總是觸角賁張地獨坐桌前，「感到自己飽受無人稱威力的折磨，既不讓活亦不讓死……」布朗肖如此描述卡夫卡的文學，一種特屬於原創作者的無人稱特性。

字母會 無人稱

盧郁佳

I

無人稱

Impersonnel

天空地闊，臺南縣荒涼小鎮，火車站前商家凋敝，鐵捲門深鎖，少數開門的也沒顧客，只有老婦們從清朝就守在雜貨店檳榔攤後抱嬰閒聊。車站正對通往鎮外的十線大路，開闊浩蕩，來往風擎電馳，生人勿近。遠遠路樹乾癟像枯屍相對，成排的磁磚方盒政府建築，內有活人的證據就只有冷氣機轟轟響。

兩個女生，在站牌下等公車。轎車、貨櫃車呼嘯而過，誰也沒多理女生。

肉店貨車司機是個平頭黝黑青年，戴著細細金項鍊，搖下車窗洩出信樂團的流行搖滾，向阿婆買了冷飲，灌一口，邊開邊甩頭跟著哼。送完貨回程，瞥見前頭路邊，像是等車上學的女生，覺得異常，多看一眼。現在都快中午，公車一天三班，等到下午三四點才會來吧。這女生怎麼可能是去上學。

貨車放慢，換車道逐漸靠邊。

一個女生精緻漂亮，像櫥窗內昂貴的球關節人偶躺在錦盒緞被裡，長瀏海下滾圓眼睛，眼神晶亮，臉蛋纖薄，尖下巴，高中制服敞領白襯衫繡著名字「吳蕊玟」，深藍格紋百褶裙，及膝黑襪描出一雙長腿。

不起眼的女生叫蔡惜，頭髮毛燥噴炸，眼神憤怒，一身褪色地攤雜牌T恤七分泡褲，紅白拖鞋比腳大，像個婢女來護送公主，自知不會有誰對她感興趣。

蔡惜撞撞吳蕊玟手臂，低語：「他是來找妳的。」

吳蕊玟顧盼撥長髮，假裝沒看見那車接近：「別又來了，好煩。」

貨車停下，蔡惜推她：「妳才煩咧，明明沒事就愛吊著男人等。快去啦。」

吳蕊玟吐舌嬌嗔：「幹嘛這麼凶，哭哭。」但蔡惜不當電燈泡，甩開她，夾著尾巴負氣自顧走了。

司機關掉音響，搖下車窗，顯出俊俏的單眼皮、薄唇清水臉，問：「妳在等車喔？現在沒公車。」

吳蕊玟嘟嘴，用小名稱呼自己：「真的嗎？玟玟平常都搭校車，可是今天睡過頭。」

對話內容不重要，只為給司機充分時間端詳她燦麗眉眼。結論有了，他下巴一點身邊座位：「上來。我載妳。」

她輕快繞到貨車另一邊跳上車，一頭微鬈髮絲隨風飄揚，空氣通了電，咬得他渾身嘶嘶冒火花。

他吞了口水，艱難開口：「這麼晚才到學校，去了會挨罵喔？」

她撒嬌：「玟玟又不是故意的。那怎麼辦？」

他設法放輕請求的重量：「不然我請妳吃飯囉。」不給回答的時間，怕對方沉默以對，自己會經不起拒絕，緊張開了音響。只聞阿信戴愛玲吶喊：「風，狠狠地颳。誰，在害怕？」

她沒反對，害羞直視前方擋風玻璃，不敢看他，嬌臉含笑。

他一加速，流行歌宣告這駕駛座密室內的兩人，是前世情人，千年纏綿苦等，輪迴轉生，才得今夕重遇。空氣像為兩人加冕披袍登基，知道自己在對方眼中如久別的矜貴，重逢的親密。

　　蹺了一天班，傍晚他進城在鬧區把她放下自己逛，回公司還車，約好下班陪她逛夜市。華燈燦爛，遊人如織，他們並肩拿飛鏢射氣球，他贏了超大隻的青綠絨毛大眼怪玩偶給她抱著，可是攤位臨時發電機嗡嗡燈泡黃光，斜照她半圍細長優美的深眼褶，像個亡國公主逃難流離、暫歇草寮，表情疏離，看來並不以為懷裡庶民小玩意兒是自己的東西。他心虛像高攀了，虧欠，就怕給得不夠。他買了自己喜歡的多層斜裁白紗短洋裝給她，可是在賓館做完愛，他睡著後，她還摸黑爬起來去浴室洗制服，鋪在冷氣通風口晾乾。回床前還差點被玩偶絆倒。

　　第二天醒來時，她已穿好制服。他想問她：「為什麼不穿我買的衣服？」然後覺得口氣太衝，自我修正為：「妳今天要去學校嗎？」忽然一悲，想玩偶怎麼拿去學校，原來她一開始就沒有要帶走的意思。她不要他的東西。她不要他。

她搖頭。

他鬆了口氣。這天他請了假，挖空心思找景點陪她玩，逛郊區庭園餐廳，向草坪咖啡車買霜淇淋吃，整天盯著她什麼時候會開口要回家，決心要她把玩偶帶走。可是她始終沒開口，反而是他把她帶了回家住。他租屋四壁夾板光裸，除了房東留的床，藤椅，電腦桌，磁磚地上什麼也沒有，怕被嫌寒酸，沒想到她竟抱著大眼怪又親又摟。因為她沒辦法帶著走，所以一直忍著不敢喜歡它，怕走時會難過。這時大眼怪才是她的了，可以放心抱著睡覺。

後來他才知道，她覺得自己穿制服最可愛，好抱，除此之外都不行。就像有些女人不化妝就不敢出門，她沒穿制服就不敢見他，怕他見到會問：「妳誰呀？」得要她穿著繡有名字的制服來提醒他。

她像從夜市寵物店隨興買下的幼貓，一開始他整天抱著寵著玩，去上班也規定她不可以想別人，他一有空就隨時打手機回住處查勤。放假就去海邊之類的地方玩，拍了很多照片。後來那些照片拍完就很少開來看，放假他也覺得累，懶得策劃，問她留在家裡好嗎，不等回答就埋頭睡覺。吃飯時間到了，又過了，到了，又過了，她也沒搖醒他，像幼犬默默在旁邊發呆等。直到下午三、四點他疲憊醒來，兩人騎機車上街找哪些店還開著，吃頓遲來的早午餐。

連制服也不管用，她不再可愛了。兩人都知道時間到，她該走了。後來她就走了，恍如隔世，算算住在一起也才半個月而已。

她在當初站牌下了車，蔡惜等在原地迎接她，平淡像沒離開過。

她覺得討厭，又覺得溫暖。她從超商塑膠袋拿出個猶熱的包子，剝半，兩人分著吃，總能走下去。今晚睡堆放肥料的鐵皮屋倉庫角落，還是逃票搭火車去嘉義，蔡惜會替她做出可靠的決定。

三個月後，他收到傳票，去警局做筆錄。說是他性侵未成年人。

原來她那些惺惺作態，童言童語，不是裝小。真的是小孩。他無法置信。

大騙子，他趴在貨車方向盤上，看鬧市向晚來往的熱褲女孩們，持外帶杯刷手機、逛街挑鞋。他心想，她們會不會都是幼稚園出來直接鑽進夜店。

出庭那天，社工阿姨和律師陪她走出法庭。她說要去上廁所，一個人去就行了。社工阿姨說：「沒問題吧？」她點點頭。

挨告的司機在女廁裡等她，抓住她逼問為什麼告他強暴。

她一臉無辜，撇清說不是她幹的。說有個朋友是社工阿姨，像她媽媽一樣幫忙她。以前有次她跟剛認識的朋友去唱歌，不知道是被灌醉還是下藥硬上了。前晚明明一群人在店裡K歌吃滷味，等她醒來，就只有自己一個人被丟在賓館房間。隔天阿姨打電話問她怎麼沒來赴約，聽到她被迷姦，馬上就爆炸，大罵她是白癡，很心疼，很生氣，過兩天找了律師朋友，帶她去告對方。她說不要不要，事情就算了。可是阿姨都不聽。

這次也是。阿姨一聽到她跟他在一起過，做也做了，氣急敗壞就要告那男的，都不聽她勸阻。

因為阿姨真的很挺她。

他餘怒未消：「你他媽的這什麼朋友啊。」又罵了半天，她只是陪笑安慰。走前，他扔下一句：「我看妳朋友是心理變態，嫉妒妳有男朋友她沒有。」

吳蕊玟笑了，揮揮手告別。走出法院上了社工阿姨的車，她覺得現在安全了，低聲向剛才那司機說：「你才變態。」

社工阿姨看後照鏡，把車開出車位，邊問她：「啊？」

「沒事。剛才遇到一個爛人。」

社工阿姨轉頭對她說：「蔡惜，女孩子家先懂得保護自己，妳年紀還小，要小心一點，知道懸崖勒馬，不要隨便給陌生人可趁之機。」

她頓時覺得渾身發麻，低頭想吐。

社工阿姨說：「妳會暈車嗎？那我開慢點。」

「我沒事。」她在心裡默默對社工阿姨說：拜託妳演好自己的角色行不行，妳都不知道妳才是蔡惜。

她不舒服只是因為從男人爭相捧在掌心的小公主吳蕊玟，頓時變成無家可歸、沒人要的可燃垃圾蔡惜。

她默念：拜託，我不是蔡惜，阿姨妳才是蔡惜。蔡惜是我朋友，我不是蔡惜。但努力卻無法把吳蕊玟叫回來。世上沒人愛她時，吳蕊玟無影無蹤。

她出生前，媽媽挺著大肚子到處借錢去生產，萬念俱灰。醫院問取什麼名字，問了幾遍，媽媽才撐著開口，沒好氣說就叫「借」。護士問：「啊？」媽媽厲聲答：「借錢的借。」翻過身去就不出聲了。蔡惜，一個讓人尊嚴全失、錐心刺骨的嬰兒。戶政人員看成「惜」抄錯，從此她多了一點，變成蔡惜。

這麼一點，真是不夠。

還是逼著她到處去借。

法庭上，被告司機說，法官大人，當初她自己說她叫吳蕊玟，十七歲。

我怎麼知道她不叫吳蕊玟，叫蔡惜，只有十一歲。我是冤枉的。我收到傳票都還不曉得誰是蔡惜呢。

原告蔡惜十一歲，外表像十四、十五歲，自稱十七歲。父母離異，父親失業酗酒，打零工為生，她長期在外流浪，已經是七樁性侵案的被害人。司機是第七案的被告。

後來蔡惜就沒跟社工阿姨聯絡了，也沒再回老家。社工阿姨找不到她，到處問，但沒人聽過吳蕊玟。只有第二案的被告劉又森願意講。當初他們在一起時，她還是蔡惜。

劉又森說自己現在人在離島，出國前帶女朋友來衝浪浮潛，夜裡到沙灘看綠蠵龜，接了手機跟社工阿姨通上話，一手啤酒、一手電話，在沙灘上邊講邊走找訊號。

他高壯開朗，坐時大手像挖土機吊臂，大腳像橋梁吊柱掛在身上，小眼睛笑得令人放心，做人有情有義有擔當，出手大方。那年他在嘉義讀高二，請了七八個人在炙燒牛排店聚餐，幫同學慶生。排隊拿吃到飽沙拉吧的時候，他就注意到她。整間店每張桌子都鬧烘烘，只有她落單，像退休老人在泡茶般獨據一桌；人長得很可愛，那麼瘦竟然超級會吃，拿了好幾次沙拉。他回憶：「拜託牛排十二盎司滿大塊的，我們這桌都有男生吃不完，她竟然吃完還可以繼續拿沙拉吧的螺旋通心麵。重點是那通心麵根本沒有跟料還有醬拌在一起煮過，光是澆上溫溫的蕃茄肉醬，拜託那是噴吧，是廚餘桶裡的噴。哪有人會吃完，還拿第二盤，太強。」

他去櫃檯結帳，她一步搶到他前面，問店員說她忘記帶皮夾，可不可以讓她回家拿錢。店員說當然不行，叫她打電話叫家裡拿錢來贖人。

「我家沒人，家人都在國外。」

店員聞言另眼相看，肅然起敬，還是說：那叫妳朋友拿來。

「我剛回臺灣，也沒有認識的人。現在我要回家拿，還要先跟你借計程車錢。」

店員抱怨：「怎麼可能，我沒有收妳錢、還要給妳錢，妳嘛幫幫忙。」僵持之下，她告訴店員：「不然你報警好了，反正我是好人，警察總會幫我的。」

店員拿起話筒，抖著手要撥號。劉又森嘆口氣覺得店員不可思議真是笨蛋，從她背後伸手把話筒放回，理所當然告訴店員：「幫我連她的一起結。」那姿勢好像半摟住她，他高大肩膀擋住了刺痛她後背的陣陣冷氣。羞澀走出店外，她回頭說要還錢。

他說不用了，今天聚餐有人臨時沒來，所以連她一起請剛剛好。現在大家要去他住的地方玩，沒辦法等她回家再過來。

然後他賭了最大一注，做了被拒的準備，下好離手：「那妳要來嗎？」

她臉上閃過吃驚，困惑，緩緩一笑，如花綻放。

當然她不是什麼ABC，也沒有家人在國外。她兩手空空逃出家門，從田埤走到火車站，這站只有支線慢車停靠，帶她來到繁華的大城市，毫無目標，到處晃盪，餓了兩天。難怪超級會吃。

劉又森聽了想笑，她講的繁華大城市竟然是嘉義，那高雄不就是美國了。她穿個拼錯字的T恤、七分褲，就一雙紅白拖，還騙人家店員說她是ABC，都是看偶像劇亂學的，那些男主角貴公子都一個人住在客廳有螺旋樓梯的豪宅，因為家人在國外，等主角戀情成熟，父母才會找個藉口歸國妨礙。劉又森告訴她，我的家人都在國外，在美國的南投竹山種檳榔，暫時不會回臺灣啦，這裡是檳榔貴公子的家，妳就放心住下來。

她天真問：「那你有女朋友嗎？」

像敏感到季節入秋那樣，房間裡空氣變冷，沉重下墜。

他推她的頭，閃避問題：「竟然吐我槽，妳很幼稚耶，是小學生嗎？」

她低頭，像犯了錯。他感覺她還在等他回答，遂說：「等妳當我女朋友啦。」

她伸出食指，觸摸他的衣袖，測量距離後，鼓起勇氣抱住他。

他覺得一陣震盪，天旋地轉。

然而他預感到自己回答得太遲了。那陣沉默停頓，她會記住很久。

那陣沉默暫時消失了，潛伏一個月後，因為他無故遲歸，暗流般的沉默又再湧現，令人難耐。兩人都有點厭煩，想躲開對方，可是斗室無處可躲。

她說下禮拜她生日，他聽了有點頭暈，沒想到最後還是要花錢消災。然後劉又森屈服了，問她想要什麼禮物。心裡盤算著他願意買給她的手機價位，在六千塊左右盤旋，隨著罪惡感上升會跳到一萬二甚至兩萬的，但氣惱湧上時又一跌落回三千。

她沒回答，兩人像格鬥家屏息對峙，他感到她正在掃描他內心，盤踞制高點一覽無遺，鷹眼盯緊他的LED告示板股價上下，在最有利時點即將浮現之際，閃電俯衝，撲殺他這小小獵物。

劉又森試探：「妳沒手機會不會很不方便？」

蔡惜想過，她可以開口要兩、三萬塊的新款iphone，那無論他買不買，都什麼也不欠她了。也可以說六千塊的舊款三星就好，他一感激就會買一萬的，大家好聚好散，以後還可以做朋友。

但此刻她說：「不用啦。」

「什麼？妳想要什麼？」一擊落空，他感到模糊的恐懼。

「我想要一套你們學校的女生制服。」

她說得很清楚，不用買。

他本來拒絕了。但是這件事有股奇異難耐的吸引力。

第二天，隔壁棟女生班體育課，紛紛去廁所更衣。他初次想到，一牆之隔，女生都脫掉制服露出各色胸罩內褲，然後從頭套進學校運動服。老師操場吹哨集合，讓大家排隊練習三步上籃。劉文森的班級上國文課，他假裝出去上廁所，走廊上遙望籃球場哨聲聚散，一拐過天橋溜進女生班教室，屏息走到後排座位，撈出裝制服的織帶提把圓筒提袋，心臟狂跳，感覺自己好像變成了別人，闖入一個不該來的世界。然後他迅速逃到學校後門，把提袋扔過鐵柵門。她若無其事等在那裡，接個正著，甚至沒有跟他交換一個眼神，沒事人一樣地消失了。

他回到租屋，開門很驚訝她還在。原本以為兩個人就到此結案了。不過這樣他也有點高興，這才察覺自己心裡準備面對空屋的落寞。

當晚，她換上制服，敞領白襯衫，針織背心，深藍格紋百褶裙，黑長襪，繫帶牛津鞋太緊夾腳但沒關係。她走出浴室，走近赤腳坐在床沿的他，把雙臂架在他肩上，細長白皙的手指在他腦後虛虛反扣。裙擺搔著他的膝蓋，襯衫衣領摩擦的聲音鋪天蓋地籠罩他，震耳欲聾。他察覺到她穿上了全新的身分，在他解開她鈕扣時，那陌生、略帶威脅的誘惑，從衣服底下的肌膚散發出來。兩人的做愛空前熱烈，激情超過第一次。感覺從那以來他們已經很久沒做愛。

她脫掉針織背心，露出襯衫上繡的名字：高二信班，吳蕊玟。

他把手放在那名字上，覆住她的胸。

他閉上眼睛，慢慢臉頰貼上去，無限依戀偎在她胸口。

事後回想，他覺得她知道吳蕊玟是他之前喜歡的女生。喜歡了兩年，沒交談過，習慣在人群中找她的背影，她臉書上每一則動態他都會背，但卻不敢加她朋友，怕她覺得奇怪。蔡惜問他有沒有女朋友，他覺得有，其實沒有，所以很難回答。

雖然他沒有把祕密告訴過任何人。

但她從他言談裡聽出來了。她要他去偷制服，是知道他會拿某個特別女生的，她想知道那個女生是誰。

他覺得難過。回想她走出浴室，迎接他熾熱著魔眼神時，她心中嫉妒冰涼的刺痛，就像是她在說：「我知道你不想要我，嫌我多餘，想甩了我，你想要的是別的女生。既然這樣，我乾脆把你最愛的女生獻給你，你高興了吧。」

當他閉上眼睛，吳蕊玟被他極盡迷戀，疼愛。

蔡惜落單，透明身影站在戀人熱擁的床邊，寂寞，不甘，屈辱，自虐，靜靜地哭泣，誰也看不見她。

隔天他醒來，她已經消失了。他查一遍，發現買給她的項鍊手環都還在。等了兩天她都沒回來，他想哭，覺得被拋棄。她什麼也沒帶，拎著那空空提袋走人，他皮夾也只少了兩百塊。他本來怕她拿走他手機、電玩主機，此刻卻怨她為什麼不拿提款卡、或者拿個幾千塊也好。

兩百塊撐不到一天，她遲早得去跟她遇到的隨便什麼人做愛換取食宿。

他會想分手，就因為他並不喜歡這樣。他想要戀愛，不想養一個聽話的奴隸，令他顯得小氣算計。她是他的初戀，卻糟蹋了他的初戀，她就喜歡糟蹋他，根本不知道自己有多任性。

後來被她告，尷尬輟學，他並不介意，焦頭爛額賠錢的是爸媽，但他本來的生活方式根本沒什麼好可惜的。現在家裡要送他去紐西蘭讀書，他進了英語補習班，在班上認識了想考空姐的女朋友，約好出國以後保持聯絡。

他問，怎麼想都覺得我對她不錯，不上床的話繼續走下去也是有可能的，她為什麼一定要把我們搞成男主人跟女奴隸。

社工阿姨回答，蔡惜媽媽逃家了。有天蔡惜放學回家，爸爸又叫她書包放下，進去爸媽房間。蔡惜已經知道會發生什麼事，勸阻說：「不要啦。」但是她爸爸看出她想逃，揪著她進房，一腳把她踹倒在床上，說：「妳媽都不要妳了，妳以為別人憑什麼要賺錢白白給妳吃、給妳住。」她爸爸是她第一個性侵案被告，但沒親戚肯代替她爸養她，都怕惹到她爸來鬧。申請安置也排不到，只能用告的。結果要是爸爸坐牢就沒人養她，所以法官讓兩人還照樣住在那個家，直到她逃家。

她一直一直在學的就是，活著就要付出代價。

劉又森好一會兒沒接話。最後問：「我也是壞人嗎？」

「我只不過是喜歡她而已。為什麼會變成壞人呢？」

「本來我也不明白她，但是這樣聽你說，好像有了點頭緒。」社工阿姨說：「她也只是喜歡你們吧。」

他想起初遇時，她曾告訴牛排店櫃檯，她在臺灣沒有家人朋友。同居時他當成謊話，後來才知道是真的。

社會和親戚沒人要養這個小孩子，所以她借了小魔女道具把自己變成大人，讓別人需要她。

成為只能這樣去愛人的人，蔡惜永遠不肯被愛。

只要暫時掙脫過去，成為別人，她就准許吳蕊玟被愛。即使每次變身都只能維持三分鐘，有如風雪中半截火柴棒所照亮的幻象，那卻是無比甜美歡樂、令人上癮地活著。

蔡惜去了哪裡呢，沒人能找到。她人在時間之外，棲身於那三分鐘圓滿明亮的永恆裡。

那晚，社工阿姨收了線。劉又森一群人整夜都沒看到綠蠵龜，紛紛回酒吧跳舞，只剩他和女友坐在沙灘發呆。

女友說，數萬年來，綠蠵龜都在月夜登陸沙灘交配，海上月照，牠們逐光向海，到近海的沙灘產卵掩埋。

但是現在，海灘酒吧燈光太亮，蓋過月光，綠蠵龜逐光迷失，以為向海，卻是向陸。近陸埋下的卵，被海鷗、野狗掠食一空。結果難以繁殖，數量瀕危。

劉又森說，然後臺灣是地球上人類繁殖率最低的地方。哈哈，我們幹嘛來看綠蠵龜，是綠蠵龜該來看我們，等我們絕種就看不到了。他捏扁啤酒罐。

女友沒在聽，忽然猛一指他背後灌木暗處。

他瞇眼遮光，認出一隻龜，交配後划著沙往酒吧燈光爬。

他倆箭步衝到那龜身旁，指著海，圈嘴大喊：「陸地很危險，你快回去呀。」講不通換英語，連臺語都出籠，但那龜都聽不懂，更拚命往陸地掙逃。

他一怒攔腰抱起龜，顧不得沉重，使勁衝到海裡，濺得全身盡溼，把龜扔進浪裡。

兩人站在沙灘上，盯著海浪很久。風很冷，但他不肯走。女友說：「牠又上來了。」

他在黑暗中淚流滿面。

你不要再去了。

你不要再去了。

龜艱難昂首，披沙含淚往迷濛燈光划行。所有親愛的美好的都在那光裡，近在咫尺，永不可及。

字母會 陳雪 無人稱

I

無人稱 Impersonnel

下午時分，五點半，夕陽漸歇，半開放院子裡綠色草坪整修良好，一臺紅色玩具推車，歪倒鏽蝕的盪鞦韆，沙坑旁散落著藍色玩具鏟子、綠色小土扒，塑膠水桶透明處風化成白色、滿布細微裂痕，水桶裡有個缺少雙臂的塑膠玩偶，仿製芭比娃娃，身上衣裙已被剝落，塑膠金髮半禿。

白色老舊貨卡車緩緩駛進草坪，停住，後車斗載有木梯、工具箱，裝載扁刷、滾筒刷與各式大小刷具的水桶，幾罐大小不同鐵罐裝油漆，兩堆散亂的報紙，亦有單張展開，報紙上一隻血淋淋的鹿歪身倒著。車門開，下車者為一高大壯碩的男人，短髮凌亂，年約四十，身穿寬大敞圓領口已鬆脫的運動T恤，卡其及膝短褲，上衣與褲子上沾有幾處綠色油漆，沾滿泥土看不出原有皮色的露趾休閒鞋，頭戴棒球帽，男人手上抱著大紙袋裝的物品，往主屋晃去。

口哨聲響起。Home,home, sweet home……

男人走向的主屋是木造建築，一樓半，斜尖屋頂下有閣樓，先步上五級階梯，是前庭與木製陽臺，男人逕自打開門進屋，光線隨其身影沒入屋內暗落。

屋門重重關上，室內灰塵彷彿因驚訝而揚起，木門內部裝飾著褪成淡灰的白紗窗簾，紗簾望去屋外景色如霧中風景，成群闊葉林木、白車、油綠草皮淡出遠去，但屋外仍比室內明亮，風景都融入光亮裡，因光暈而模糊。男人彷彿需要適應半暗的光線，抽出抱著紙袋的手，探出食指揉揉眼睛，或許如此光度才增強了，隨其目光梭巡，空氣粒子顯得特別粗大，眼前所見景物皆蒙上細沙的質地，粒子粗糙，色澤暗沉。

屋內所有窗簾均垂下，雙層簾幕，外層為髒舊細花緞布，左右如瀏海往兩側各自撒開、束起勾掛於窗邊掛環，內層為均勻覆上將窗玻璃遮蓋的蕾絲細紗薄簾，使屋內白日也呈現灰質色調的，除了紗簾，還有滿屋各處堆疊幾近天花板的雜物，光線曲折照入，又輾轉反射，灰塵與陰影，凸出與凹陷，折疊著屋內的空間與光亮，也折疊著屋內人的行動，高大男人艱難走動，可能因其體積，也可能因為窄迫的空間。靠牆或就在走道間延伸的十幾堆舊報紙疊高過人，岌岌可危，書籍與雜誌如大型物件般以金字塔堆疊的方式逐漸增高延伸至尖頂，搖搖欲墜，這些可危與欲墜的物品以微妙的平衡靜定在近乎固態的寂靜中，一種即將爆裂前夕的寧靜，男人走動時發出細碎的摩擦聲，從空間折射出的回音，擁擠中有著攪動近乎靜止的氣流造成的細微風動。

男人旋過客廳，充作客廳的空間裡有兩張雙人座木椅，一張單人扶手椅，三張椅子同款式，扶手雕刻精細，整體髹以白漆，漆飾剝落露出木頭色澤，靠背的方形靠枕為緹花布縫製，邊緣有金線紋繡，四角點綴以流蘇吊飾。

天花板垂懸一巨大水晶吊燈，繁複水滴狀的燈飾空缺多處，蛛網密結。

男人挪動龐大身體，穿過雙人椅與茶几間某堆舊報紙旁，雙臂與手上的紙袋沉重地晃動，逕自往廚房走去，過道狹窄，整齊堆疊的各式雜物形成曲折彎道、壁壘，猶如側身穿過密林。

廚房有窗，於流理檯前方，一身形瘦削長髮女子面窗而立，男人出聲「回來了」，語音上揚，猶如童語，女人驀然回身，兩頰鬆脫下垂，嘴唇乾癟，眼窩凹陷，蒼白臉龐皺紋深刻密布，與一頭直黑如瀑長髮形成對比，「下雨了嗎？」女人似問也似自語，側著頭諦聽，好像已經聽見雨滴。「烤雞買了嗎？」女人將手在腰前的圍裙上來回擦拭，又轉身望窗，窗外直見樹林，林中有一破敗倉庫，女人拿起抹布企圖擦窗，窗玻璃滿布油汙，油汙散開，窗景模糊了。

「雨停了。」男人聲音平板，「路上都溼溼的。湖面上落了很多葉子。」男人粗啞的聲音像某種蟲子的鳴叫，聲音在廚房迴盪。

男人從紙袋裡拿出蔬菜、長棍麵包、盒裝牛奶、袋裝烤雞、網袋裝蘋果。女人逐一接過食物，花費許多時間，像慎重考慮什麼般，幾經換置，才把袋內物品分批安置。她撕開膠紙，將烤雞取出放置流理檯上，掄起尖頭菜刀開始於砧板上重重剁雞，男人從櫥櫃裡拿出大木盤、木碗，逕自儲裝了些麵包，從地上拾起一大塑膠桶裝水，女人將剁好的雞肉分裝到男人的木碗裡。

「冬天要來了。」女人說，「要準備柴火。」

「樹林裡的鹿跑到馬路上被車撞死了。」男人說，「明天烤來吃。」

「要吃自己烤。」女人將手指上的油汗用力抹在圍裙上，「你爸不會想吃鹿肉。」

「誰管他要吃什麼。這是要給安娜吃的。」男人眼光掃過女人，女人瑟縮著身體，像被用力搥了肚子。

男人雙手捧物，移動碩大的身體掃過廚房的過道，凡走道處無不堆滿物品，無數的空瓶，塑膠罐、玻璃瓶、寶特瓶從地板堆疊至及腰高度，一堆一堆互相倚靠，如透明的柴火，窗外夕陽照入，在玻璃瓶罐上反光，有些瓶子裡有殘餘的液體，咖啡色、褐色、綠色、甚至粉紅色，瓶身或整齊或剝落或褪色的商標、招貼、與各色液體，許多黑色小果蠅在瓶內外飛繞，形成視覺上的斑點，上千個瓶罐在廚房裡像一個不斷增生的夢。點點果蠅是畫不斷的句點。

「啊哈。」男人遊戲般旋身猛然用腳踢其中一堆瓶罐，骨牌效應使得所有瓶身齊響，一個推擠一個、兩個、三個，而後整批崩潰、塌陷、倒落、推擠、碰撞，叮咚、喀拉、碰碰、匡噹……女人後退躲向冰箱旁，瓶罐持續崩塌，男人離開了廚房。

步下樓梯，階梯底有地下室。

低下十級階梯，從光裡漸次進入黑暗，一旁是堆著工具的梯間，男人點亮頂上的燈泡，微弱燈光亮起，將靠牆的木梯挪開，推開依牆頂高的木架，出現一個厚重的木門。他從褲腰口袋掏出一大串沉重的鑰匙，摸索著拿出其中一把，解開巨大的銅鎖，卸下纏繞的鐵鍊，重重木門推開，光線倏地疾滅，黑暗矗立眼前。

適應黑暗之後，男人摸索前進，牆邊的開關控制走道燈光，日光燈慘白亮起，走道邊是一個工作空間，大大的平臺，四角固定有長長的鐵桿，桌上整齊擺放著槌子、鑷子、鑿子、各種規格的剪刀、雕刻刀、木柄菜刀，各式刀具鋪放在褐色的布皮上，桌面正中的閃著銀光的鋸檯顯眼，地面上有巨大的水桶，方形的塑膠桶裡有顏色與質地不明的暗色液體，男人巡禮般審視這個空間，而後直步向前，地下室略矮，男子走路稍低著頭，龐大身體顯出空間的擠迫，沿著工作間往前，窄窄通道延伸，洞穴般延伸出的空間一窟一窟，第一窟工作間尖銳刀具的森冷還殘留視線裡，第二窟則呈現著起居室的溫暖色澤，頂燈是亮黃的燈泡，灰質牆壁鑿出一個一個整齊平伸的方形壁洞，放置著燭臺、神像、木雕面具、硬皮書本，幾張全木製的圈椅，順著圓弧形擺放，圈椅中央地上有張老舊的地毯，花色不明，圈椅背有靠枕，扶手有毛毯、椅上零星擺放動物形狀布偶，牆角還有一臺老舊的鋼琴，大型電唱機，鐵製火爐靠在一角，地板上散亂有孩子玩的沙鈴、玩具汽車、足球、一張龍頭半邊損壞的木馬。

男人像是校閱軍隊般，逐一查看那些圈椅，眼神滑過每張椅子上擺放的玩具、毛毯，演戲似地，喃喃對物品嘀咕，說著難解的話語。桌上有水杯、茶壺，男人低頭檢查水杯中是否有茶，從樓上飛下的蒼蠅在他頭頂上飛繞，男人檢閱完各種物品，捧著雙手的食物繼續前行。前方道路黑暗，這一地下世界不知有幾個如此洞窟，燈光漸次亮起，這地下室造型曲折，一室還藏有一室，男人拖著步子，前方悶悶的腳步聲響起，男人站在走道前，彷彿在等待或聆聽什麼，他的身體微微顫抖，似是興奮，似是防衛，壯碩的身體酒醉般搖擺，手舞足蹈，走向下一個洞窟裡。

◆

每個白晝，不知是幾點幾分，或每日不同，屬於地底的第一道曙光透過高牆頂邊層層疊疊的玻璃瓶窗洞，透過曲折的折射，將光線送進屋來，有色玻璃瓶照入有色的光，綠色、褐色、黃色，這牆壁頂端與天花板間的玻璃瓶窗洞，約一公尺寬，三十公分高，厚度則為兩個瓶身相疊，各色玻璃瓶以色塊散亂堆疊，猜想當陽光普照地面時，或光線強烈得可以到達在小屋圍牆地面這塊地，就有機會穿透玻璃瓶入內來。這間房屋架高鋪設的地下室對外窗已被封死，變成用水泥將瓶罐堆疊漆封的窗洞，日光或月光或星光，光照過剩時，剩餘的光就會穿透這厚厚的瓶罐，進入這地下洞穴，或強烈或黯淡或稀微的光，彩色的光亮將屋子照亮，我睜開眼皮，目光隨著那唯一的光源轉去，光漸次透入，散開，至少有百來個玻璃瓶相疊、造成半透明窗洞是這間地下屋與地面相接處，人搆不著的高處，圓形玻璃瓶能將光引入，卻無法將聲音傳出，至少我已放棄了這種企圖，我不再試圖敲打、挖掘、喊叫或做任何足以破壞我享有這唯一光亮的機會。

屋裡有床、矮桌、短凳、裝盛飲水的塑膠水罐、木碗、木椅、毛毯，我穿著布套似的罩袍，頭髮已糾結散亂，水泥牆壁處處有我用指甲刮出的刮痕，有些是文字、圖畫，亦有我企圖用各種隨手可得的物品努力挖鑿而失敗的遺跡。

房間外有一個無門小浴室，有水龍頭、木桶、木杓，與矮矮的小馬桶。馬桶無法沖水，水龍頭是乾的。

屋裡空蕩蕩的，只有我，具體暴露。

夏天陰涼，冬日寒冷，終年霉味。

光、食物、飲水、洗滌、排泄、睡眠，缺一不可。

得到這些並不容易，除了晨昏嬗遞、四季晝夜長短，陰晴雲雨雪霧等的氣候變化，光照每時的不同，亦引動我不同的身體知覺，是身體知覺、感官反應，並非心情或意志等情緒的變遷，「情緒」、「感受」、「思想」已在某日隨著燭光熄滅，純然黑暗中我心中突然炸開恐懼如鬼，那時我決定將感受全部關閉，寄存在瓶中洞外任何一處地方，人們會說那叫作希望，而我稱呼那為「外面」。裡面與外面，我將之截然二分，人在裡面的我，不冀求任何外面的事，受囚超過半年之後，我甚至不再數算時間了，人們稱之為希望的事物，會讓我心碎而死。

有腳步聲。沉重、拖沓，一步一步像重錘掄地，男人不喜歡存在感被忽略，不許我忽視他，我計數腳步聲，調整心態、呼吸、心跳，準備迎接。

那人可能來了，也可能為了戲弄我，會在靠近門前突然回身走開。最初，我懼怕他來，使我受苦，之後，我期待他來，因他不來我便失去生存所需，於我有害。如今我知道無論是懼怕或期待都會使自己疲憊，會使他更樂於這反覆操弄我的遊戲，他來或不來，我冷靜以對，即使展現焦慮或緊張，也僅是表演而已，我要保存體力，不與他起舞。

每個光明與黑暗交替之間的漫長時間裡，他會到地底探我一次、有時兩次，有時他許久不來，使我失去時間感覺，使我陷入驚恐與絕望，然後他又出現，天神般使我歡騰。

他會帶來食糧、燭火、衣物與飲水，長時間對我說話，將我搬進搬出，沿著頸間的項圈勾拉的繩索，將我拉扯牽引，某些時刻，他會領我穿越這一房間以外的其他處所晃蕩。有時他會將燭火或頂上的燈泡點亮，光亮的時間多些，我可以閱讀他留下的一疊舊報紙，一本殘破的聖經，即使入睡我亦捨不得將燭火熄滅，地下室的潮溼、霉味、體臭，混雜燭蕊燒出的氣味，構成了我的味道，而他來過之後，他的氣味會盤旋很長一段時間，除了濁重的汗水與體臭，還有另些刺鼻的味道，是油漆與血汗。

每隔幾日他會帶來乾淨的冷水與毛巾，供我洗浴，水源不多，我反覆將身體、手腳、與其他摺縫處都拭淨，有時水竟是溫暖的，甚或帶著某種香氣，每回遇著暖水的日子，我總以為他要殺我了。

我一邊流淚一邊擦澡，哭著對他說，死前想要曬一曬太陽，想清洗一頭亂髮，想要牙刷與牙膏，仔細刷一回牙。

他沒回答，沒聽懂，或不在意，或者我說的這些他並不想聽，他繼續沉默與我對望，或逕自哼歌、吹口哨，說無意義的話語，他似乎將我的言語當作只是動物的鳴叫，從不理會，然我有次說想要吃水果，他帶來一袋蘋果。

有一回我在食物裡發現一把牙刷。

逐漸的，我不再驚恐於那些想像，他將殺我，或凌虐我，或鞭打我，或放開我，某些我曾經非常在意的，支持我，或折磨我的，像海浪退去，如風刮過度的臉，麻木了。

光線日復一日從窗洞照入，像一隻隻溫暖的眼，那些曾經喊叫著的人，漸漸安靜下來，終於不再出聲。我知道這深深洞窟裡，只剩下我一人。或有一日他將不再來，窗洞掩上，我會逐漸，不，絕不是平靜地，而是經歷極大痛苦後，慢慢走向死亡。

我死或我活，只在他一念之間。

為何我身困此地？此人為何將我囚禁？我均不知，漫長時間過去，我從起初的痛苦掙扎，日日哭嚎，到後來的漸趨呆靜，只求苟活，逐漸，我已習慣了這處洞穴，接受了他的存在，甚至，我知道我與這世界唯一的聯繫就是這個囚禁我的男人，有時我孤寂得想擁抱他，他幾日不來我會因絕望與寂寞而崩潰。

我想我消瘦而醜陋，乾燥的頭髮逐漸斷裂，指甲也都裂開，粗糙的皮膚像有沙，我已不再有生理期了，很多時間沉睡或昏迷，都沒有夢，那曾經是我唯一可以自由的時光，曾有過的夢裡，時間總是發生在我一時興起進入這個樹林探險的那天之前，我還在世間的證據，此前的我，隨著身體的崩解、意志散亂、記憶混淆，逐漸消失在這地下洞穴裡，然而曾經的眠夢裡，我依然健康美麗，有戀人、家人、事業、住處，所有我曾抱怨過的事，在夢裡都變得閃耀特別的光芒，但我已沒有夢了，睡眠太長，醒著像惡夢，我越過清醒與睡夢那條線，夢被取消了。

我聽見解開鎖頭的聲響，他會為我帶來什麼呢？我聞到雞肉香、牛奶的腥甜，可能是幻覺，我總是想起蜂蜜、漿果、潔淨的棉布，我會在驚醒前感受到被褥的柔軟，戀人的體溫，然而不可能有那些。

今日，他將帶來的，會是熱騰騰的食物，與營養的麵包嗎？即將到來的他，會開心得像友伴那樣與我共食，或者像仇人那樣，踢我揍我，牽著我出去爬行？我逐漸無法分辨，亦不能推測，他的善與惡、溫柔與粗暴、歡樂與憤恨，我只知道，他該來，他必須來，無論如何，我需要他。

他推開門進來了。

字母會

童偉格

無人稱

I

無人稱

Impersonnel

我把車子賣給下個我，留下衛星導航器做紀念，拿著導航搭公車，轉輕軌，回來這家背包客棧。房東還是同一個Charles，臺灣人，染黃髮，非常臺。我記得他，但他已經忘掉我了。他說，他的客棧再過一週要歇業了，因這次執照未過：此房被判瀕危。

我說沒問題，我也只剩不到一週了，比房子還瀕危。

閒聊幾句，他說了一則和去年一模一樣的笑話。我和去年一樣笑了。

曾住過的Q號房，現在空著。我再搬進去，像從沒離開過。

我在想，是否該至少去吃一次炸魚薯條，或去市立動物園，花十五元抱一回無尾熊。這時我想起：似乎沒有人會問我來這裡，都經驗了什麼。

所以我就放心躺好，開始想像我的島。

我想著是否這才是實情：在那裡，每件事都會發生兩次以上；而發生過兩次以上的事，會等於沒發生過。

我睜眼想這問題，直到天一點一點暗去。過了那個我們固定抵達的時刻，我就什麼都看不見了。

像有人下工回來了，其中一個我們，開始在公共廚房做飯了。

我聽著。

□

今天介紹這信，沃林太太，是由某女子寫給某男子。她思念他。

想像一座美麗城市。羅馬，為什麼。好吧。寬廣環城公路，一圈圈，像土星環，環繞這座花崗石砌成的雪白之都。我盡力了。

某女子當然也是無比美麗的。美麗，而青春，而哀傷。

她在全城最優雅的古董店工作。妳知道，音樂盒，各色寶石，你們最愛的玉：手鐲，鍊墜，等等；每個，都由古老中國人用一生，正確配戴過。他們體溫暖化玉的色澤；他們靈魂有一部分，被永遠攝入玉的細小裂紋裡。

某女子靜好，自坐櫃檯後，她是全店最感人的風景。

這必定是份閑散的part time job，之所以某女子從事，只為了不讓自己太專心悲傷。週休四日，朝十晚一：吃完超可口員工午餐，剛好下班。

休假日，她從柔軟床榻醒來，伸手探查，身旁那完美男人，已去公司了。總裁通常都很忙，卻總記得在床頭櫃上，留下溫馨小卡片。她慢食brunch，讀小說，出門散步，看花，採買新鮮食材陳年酒，豐富豪宅內，四門冰箱八酒櫥的庫存。

回家，泡澡，等窗外日落。披純絲浴袍，啜飲一杯一八九五年布拉布拉牌紅酒，視心情，從一跑道唱片架，選播特定古典樂。杜普蕾演奏，舒曼，K276鋼琴奏鳴曲，something like that。

晚上，完美男人駕跑車回來，體貼而耐心，等她盛裝打扮，載她同去夜宴。一城貴冑都赴宴，人人都看她。宴罷，男人載她回家，一手握方向盤，一手始終寶重握她手。進門，在那百步寬門廳，男人從背後環抱她，在那太過廣袤的世間，圈出一個小小的、溫暖的角落；像微風，輕聲在她耳際說，

Ti amo。

一切皆完美，只除了，她剛想起一件憾事：下午她讀完小說了，出門散步時，忘記帶去圖書館還，再借新的。

書都是跟圖書館借的，因為妳知道，她不是很喜歡囤積身外之物。

別急，隔天仍休假。她獨自坐在桌前，要寫一封思念信了。

□

今天預演獨自逛市區，妳荒廢太久了。任務一：進賭場。請去櫃檯辦會員卡，辦卡不但免費，卡裡還附贈十元賭資。魚餌，對。Take the bait，自己去找機臺，把那卡賭空。

賭場全天營業，環繞它的商店街，什麼都有，跟假的一樣：出了永晝般的拱廊，就什麼都沒有了。這裡，我第一個打工地點，這家簡餐店。

說不定，會遇到我前房東，他總在賭場夢遊。那個背包客棧，木板薄壁，爬樓梯時，整棟樓都在搖，晚上總停水。無論如何，那裡使人初初安心：我工作，休息，假日從這裡出發，前往原先無暇參觀的市中心。

知道吧，在妳的市中心，公車是免費的，它順時針打轉，溝通所有博物館，藝廊，圖書館和劇院。不必擔心，多繞幾次，妳就習慣了。習慣之後妳會發現：和日常有關的事都不複雜，也不艱難。對妳的族裔而言。

這裡是妳的國王公園。這是我個人最喜歡的板凳，從這裡望出去，風景異常好。近處，懸崖底，永不涸竭河口湖，你們口中Aborigibal的前應許之地。他們從乾旱中心，窮追雲影跋涉而來，一天只有一小瓶蓋水喝；直到來到這裡，看到這漫漶無人湖，他們覺得世界好好笑。

然後你們就來了，你們溼漉漉登岸，帶來全遠洋的暴雨，颶風和雷擊。

來，請試坐這板凳。任務二：請悠閒坐著，享受假日。我等下回來接妳。

□

妳說，妳確定這次記憶無誤，這裡，就是妳一直在找、記得要去的地方。當我看到時，我也相信妳是對的。當妳要我穿過街道，直接向海開去時，我恍然想起，這片街區我待過。這裡，市集。市集外，街頭藝人，那同一位虎克船長，還在表演同樣的逃脫術。

對，我曾在這裡工作過，鎮守公園裡摩天輪。

妳看，它仍在運轉，世間最慢速轉輪，同樣空空的廂房，吊在午後光影中。

妳要我再向前，穿出所有街道，開到長長海堤盡頭。我們下車，發現自己完全被海給包圍了。背過腳下那一線陸地，也就像背轉過人世，只因前方，要再看不見海，除非是到了很熱的非洲，或很冷的南極。

我只能屏息，盡力將眼前光影，刻印在腦裡。

極遠的冷和極遠的熱，我像是這樣呆望了一年。

但，的確已經一年了。我得走了，規定如此。

我看見妳，在一個空闊的無人之境裡。一艘古代帆船，加裝了現代動力，從妳眼前駛過。背過這一片空闊，妳的國家如常，在無比健朗的氛圍裡。

最後一次送妳回去了，我問妳，下週，妳需要下一個我嗎。

不，別這麼說，這不是讚美。沒有國家，該為製造優秀的我們而自豪。長輩不肖啊，我們的。

□

二十三號房的沃林太太。初次見面，請上車。對，我們都這麼稱呼妳。

怎麼得知妳名字，和這工作資訊的，這故事可以很長，也可以很短。

短版：我跟Wendy買的一張便條紙。完畢。Wendy，就是妳知道的Andie，Betty，或也可能是Cindy，不過我們通常叫她小歪。就是上個陪伴妳的女孩。

對對，矮，壯，黑，妳掌握重點，呼之欲出了。

哇，好吧，Mary是嗎。幽默。妳也可以叫我Mary，我不介意。

她簽證到期，回去了，打算開一家蛋糕店。她就是為這才來打工存錢的。

五十元整，我買過最貴的一張便條紙。漲價了是吧。不，我不生氣，因為是小歪，因為是蛋糕。

我們是國小同學，畢業後就失聯的那種。後來，網路，妳知道的。

不知道。我到的時候，這工作就在了，像在我們之中，流傳了很久的樣子：在像這樣的週日，開車到這裡，接一位像妳這樣的太太出來兜風，或上餐館，或聽聊；再在門禁之前，送妳們回來。

按鐘點計酬，對的，我明白。

評語，妳想知道。對我而言是好工作啊，好過當housekeeping，或去礦場，掃那火車般一長列流動廁所。說不定是一樣的嗎，哈哈，夫人愛說笑。

然後小歪說，妳很省汽油。基本上，妳沒有地方要去，沒有事想做，一般，就是去墓園，掃丈夫的墓，在那坐一整天。不多的時候，妳會去購物中心，別的不買，就在那裡挑盆栽，挑一整天。小歪說，這位太太敢情是吃盆栽來著。

這裡。她們說以前是瘋人院，現在，當然，換了個說法。

不，別客氣。交叉我心希望去死，我保證有問必答，絕對坦誠。

「那我們不能讓Mary可憐我們，是吧？」妳笑笑說，坐上我車。我不知道妳是不是在跟我說話，說的是不是我。

但我不介意。我有時候也會這樣。

□

請提醒我當交流道來了。我們在Mitchell，妳說該左轉Reid。

這個。我本來以為有時間讀，後來一直丟車上。《尺牘大全》，中文書信範例，我們用的。以前。人生裡一切情況皆可參考，這是本全集：感受到愛情；想問候父母；山上遇到熊，比方說。不明白，好吧，想像這是本《祈禱書》，妳們一般都放床頭，對吧，有各類禱文：恐懼時，得勝時，朋友背棄時。對對，妳懂了。

這個就是我的《祈禱書》。

說來話長。話說我大學畢業，在網路，和小歪因打怪重逢，小歪問我打真怪好不，所以我過來了，對對，妳記得。所以，我開始整理房間行李。不是我家，我家法拍了，那是另一個故事。是房間，租來的。

對，和妳的一樣。當然，我想像過二十三號房的樣子，每次接送妳，望向那城堡，我都會想想。房號二十三，所以應該在二樓，近防火梯，有窗面向天井，天井東西南北，長了四棵枯樹，絕無綠意。所以妳需要很多盆栽。

我想，妳的窗臺要不極寬，要不就是妳的房間冷過賣場，所以它們定期死光。

如果是後者，妳就要常常去枯樹下挖洞了。

我房間，乏善可陳。妳知道，那是一夜蓋好，專門給我這種人租住的。想像一間最簡單的牢房，妳一開門就貼見窗；一開窗，對面樓牆就聳立眼前。那一間間房，住了無數個我們。在裡頭，我們獨自吃飯，掛網；有時也熟睡，做自己全無意會，也沒人覺得有價值的夢。

不多的時候，也有這樣的我，會在之外空檔，去哪裡，隨機追捕一隻貓，帶回房，進行漫長偵訊。

要做這個，妳得有某種能造成特殊撕裂傷，最好帶點鐵鏽的彎鉤。

妳看，如果我手握特別鈍器，我也就自覺特別了。這不如想像中易解，或常可順利記掛在心，我意思是：記得手握權柄的自己，過去是個平常人，未來也會像從來那麼平常。更平常的誘惑是：當我一心想死，認定自己已死，我就是那個目前不在場的人了。

我以為自己將來，會成為大家難忘的歷史。我很難記得：對他人無目的的暴虐，及對暴行的集體淡忘，是我們歷史裡，最常見的互動了。

□

真的難以記憶啊，當妳長久獨處，在一個很熱的夏天，連風都蒸發了。天一亮，蟬就叫得跟瘋了一樣。後來我才發現，似乎原來只有同一隻蟬，貼耳掛我紗窗上，所以才那樣響。

主要是距離感不易掌握：講話重點；必須和人交談時，音量的適切；有時是，我像這樣把雙手放在前方，突然覺得它們很遠，不像真的。

有一些無風的夏天，會將時間張成針毯，我不知道拿它怎麼辦。

但，我居然和妳說這些。

對不起，我難以想像有四百年歷史的二十三號房。跟妳愈熟，就愈難想像。

在那，人們是否還像以前那樣，會吹起床號，每天清晨，準時點名與集合呢。

對，我想我們錯過Reid了。只好直行，從前面彎道下去。為什麼一直大迴轉。我們自轉三圈半了吧。哈哈，我的衛星導航也轉瘋了。

妳的國家太廣闊，如果方向完全相反，我們會開進沙漠，撞到蟻塚，被吞食掉的。我們得小心。我停車，下去看一下。

沃林太太，妳看，月亮好紅，好大，好亮。

它把我們找不到的海，映到天上去了。

□

沃林太太，我想妳的李子，在妳午餐盒裡熟成燉菜了。

好熱。妳看，今天清早，陽光很曬，我去開車門，那滾燙握把，將我整片手掌皮揭下來了。我現在是沒有指紋的人了，可以做出任何事。

妳看這些鳥好賊，我一坐下牠們就飛聚過來，很希區考克對吧。

牠們會不會叼走妳丈夫。

走吧，別待在這裡了。再這麼下去，任何妳想起要去的地方，我們一個都找不著。

現在出發，前往那港灣，在盛夏一天，最好時刻裡抵達。妳看，無限延長的傍晚，暑氣收去，小巧港灣沐浴魔術光。港灣懷抱白沙灘，清淺，適於闔家戲水。過木橋，到商店街，我們坐咖啡館，吃冰淇淋鬆餅，加爆米花聖代。就別管李子了。

我們去吃那家人人都說必吃的披薩。我們外帶提拉米蘇，去河濱公園草地上吃。從此處，可隔岸對望市中心，妳的政府命令眾高樓永不熄燈。我們散步，等候夜景水影，在妳門禁之前。

狗在游泳，人在慢跑，反過來依舊完美。沃林太太，請不要悼亡直到死亡，妳的國家是天堂。它豐饒而富足，任何影響它生產的天災，就是全球性的災難。

妳看，加長型禮車，移棺一般駛來，從裡面揚長走出禮服男女。原來天堂裡，人們還是要結婚的。可喜可賀。

無可贈與，只好帶妳來這，我對妳國家，最平和的記憶點：在終於找到工作後，第一個休假日裡，我們飽食得油膩膩，甜滋滋，坐在這裡晾肚皮，看和明信片上一模一樣的夜景。非常開心。

□

但這類故事都是這麼寫的，在完美總裁身邊，某女子深深思念初戀情人，某男子；奢侈，且無法不帶歉疚地，想念昔時貧困、卻融洽如一的相遇。他們總就像同一人，也總因某個關鍵事件而分離。

事件嘛，妳自己設定，從極抽象到最具體都行。比方說，他們對宇宙是如何生成的，在見解上有根本歧見，這使她覺得，無法再在地球上跟他過下去了。比方說，她懷孕了；但他是這般自由而漂泊的靈魂，她不願圈限他，所以自己默默去墮胎。然後他發現了。

然後——我永遠不會原諒妳。這句咒語一被說出，那個純粹、且必然易傷的世界，自此完全塌裂了。

她的心也碎了，離開他們房間，遠赴另一座城市，在古董店櫃檯，在一個雨天，被由連串偶然推來的完美總裁，一眼愛上。總裁全心愛她，卻也察覺在她心中，有個封印愛之能量的密室，是他無論如何，都無法僭越的。他只能尊重。

九年這麼過去，她寫著無從投遞的密函，想他會否也如此。沒有一天，她不記掛從前，她與他曾約定，算起來正是明年她生日，他們要一起去某個地點。

時限正在逼近，用一種特異的方式。

她終於跟總裁說，她得走了，一定得去赴一個命定之約。

她很快收拾好行李，像昨夜才來，裝妥屬於她的少少東西，提著就跑了。

這時我們才明白，為何她書都跟圖書館借。總裁好傷心啊，孩子般啼哭，因他不知擁有全世界有何用。我們也都好傷心，為了不定哪位。但沒辦法，這就是命運。

分隔十年了，但約定地點更其亙古：最好有老教堂，或上上世紀鑄成的鐵塔。她的生日微乎其微，因對世上幾乎所有人而言，那都是尋常一日。陽光底，觀光客開心漫遊，她在其中，更哀傷且更其美麗，一步一步，走向約束所在。

我們就讓故事停在這裡，妳笑笑說。好的，沃林太太，妳是個成熟的人，懂得真摯留駐前景。我們，也是另種形式的成熟人，讀穿一個又一個類此，廉價印刷的戲劇，也需索感動，也覺得自己已經好老好老了。

當那架飛機淨空，地勤上去清潔時，他會掃下整箱這樣的棄書。

□

我比較笨拙，那其實是我第一次出國。我整理房間行李，因行李限重七公斤，所以，我把房裡帶不走的個人物資，全數變賣了。主要是書。賣完之後，我發現所剩物資裝不滿行李箱，可能不到三公斤。這讓我非常傷心。

所以，我再出門，沿著學校外圍，迂迴小巷間，去我記憶中幾家社區書店，文具行與十元雜貨店，尋找記憶中有過，而我目前惟一需要的一本書。就是那本《尺牘大全》，我猜想，它可以是整座圖書館。

再過半小時，七點三十分準，正好，就是盛夏傍晚耗盡魔魅光度，河面初映高樓倒影時，最新一批我們，就會降落五公里外的機場了。

想像南十字星下，有道洋流劃過天空，妳看不見，卻絕對存在。它帶來我們。

我們有的還在路上，有的已經抵達。最廉價航空一天一班，在我們最有用那十二年裡，始終不變，比我們所知任何事物，都更頑強固著在同一時刻：下午兩點半，在航廈最有餘裕時啟航。所以最新的我，和之前每一個我一樣，在上午出門，赴機場候位。

行李限重七公斤的我們，轉機二十個小時，終於在第二天夜裡，抵達妳的城市。初抵之夜，我們住市中心背包客棧，所見並無不同：在法院門口，大垃圾桶傾倒，瓶罐散落街道，紙張飛舞；河畔餐廳擠滿社交男女，電音砰砰作響。

我們像還困坐機艙裡，亂流中，眼見他們人人快活翻滾，比我們有立場輕忽。

這個自然。

要更多白天過去，當我們，在這將我島放大兩百倍的島國上奔波，尋找生計時，在這同一時區裡，我們才緩慢適應一切對反關係：左與右，冬與夏，大與小，少與多。要再更多白天過去，當我從前一個我那裡，買下一部車，這片寬闊，這麼多道路，才終於在我眼前，合成基於人性的邏輯。

沃林太太，我就是這樣抵達妳的，前一個我，下一個我，皆是如此。

也許，妳可以這樣記得我。能夠的話。

□

初次見面，二十三號房的沃林太太。

都可以，Call me any name，as you wish。

評語。她說，妳時常憂傷。

字母會 無人稱

駱以軍

I

無人稱

Impersonnel

他們在聊著那「不見了」的傢伙，他之所以跟這事有關聯，可能比現場破破碎碎浮光掠影提的其他人，還要曾經隱密靠近那「謎的身體」，他永遠也不會告訴任何人。那是二十年前，他在一個出版社女老闆手下工作，有一次女老闆慎重交給他一疊手稿，那不能稱之為作品，只是在電腦尚未占領世界的年代，某種當時的小說家、報社主編、劇場導演、廣告人……有許多人習慣隨身帶的筆記本，每頁、潦草記下了一些即興片斷的想法，間雜著一些讓你驚訝其細緻優美的鉛筆素描，那本小說的書摘，或一些電話號碼……內容說不出是自戀或驚惕（創作者不可能持續記在腦海那些靈光一閃的點子）。問題是，女老闆把這份珍貴的手稿交到他手中，說是某某的一些文字，也許可以編成一本類似創作手札那樣的小書。但好像沒一兩個月，有天他發現他把這份手稿（這本筆記本）弄丟了。那就像被躲在另一次元的「竊物少女」偷走般，怎麼翻箱倒櫃都找不出來的，怪異地消失了。他不敢告訴老闆娘，但她好像把它們交給他之後，也沒再過問那本書的編輯進度如何了，許多年後，他異常後悔，自己怎麼一點偷窺翻讀他人筆記本的好奇都沒有，乃至於這世上或除了那作者，原本他是唯一應該翻讀過那些破碎手稿內容的人。但整件事就這樣憑空消失。他對那本筆記本內容完全沒印象，哪怕一小段句子都好。但什麼都沒有。

後來，就如大家輾轉傳說的，這個人「不見了」，有某個傳說的版本非常像溫德斯的電影或不小心掉成三流爛電影的梗：據說他獨自坐公路局到臺東的某個無人海邊，然後朝大海走去，當然想像的畫面就是水面上波浪裡的背影愈來愈小，先是全身，接著腰部以上，愈艱難往前頂著潮浪拍打同時搖晃，只剩肩膊和頭頸，最後剩下小小的頭顱，然後「啵」一聲整個沒入，按說這樣的「消失」傳奇（其實就是讓人找不到屍體的自殺方式），曾擁有那本私密手稿的老闆娘，應該會想起這時出版必然成為事件的那本筆記本（那時已成為「遺稿」了）。但那時他已離開那間出版社了，且女老闆總愛開空頭支票忽悠他，當時他的離職有點像情人分手最糟的那種版本。他沒辦離職手續，放棄離職津貼，不接女老闆的任何一通電話，像硬生生把他們之間的信任、交情斬斷。

那兩年的編輯檯工作，他好像躲在陰影裡，看著太多次，他的女老闆像一株捕蠅草或豬籠草，將那些眼神恍惚的年輕創作者，過氣焦慮的初老（赫赫有名）小說家，或那些被不幸婚姻、不可告人的偷情焦燒得面容枯槁、神經質女作家交給她的書稿，無情地扔在出版社雜亂的書櫃、文件櫃、不同編輯的抽屜裡。那對於那些創作者都是他們的魂命，但他像陰涼簷腳下無聲的影子，一次一次看著這樣的、甜言蜜語哄上手，薄倖，喔不，甚至是遺棄發生著。大部分的那些「神燈吐出的白煙」的允諾，都沒有實現。他當時暗自發誓（他也是個抑鬱不得志的創作者）：有一天若他有一份嘔心泣血的稿子，無論這女老闆如何阿諛、甜美、漫天光華的出版夢，他絕不會交給她。

但回憶的頁面總模糊不確定，約莫是那人「消失了」的同年年底，或第二年，總之極靠近的時間印象，他輾轉聽人說：女老闆死了，癌，子宮癌，從發現到病歿，非常快。

所以這個世界上只剩下他，知道「曾有那樣一份稿子的存在」？他想像著，當年那個人，恍恍惚惚，被壓進極窄扁的暗世界，可能像溺水的人將那份稿子亂交給他的女老闆手上，然後便全心全力地讓自己消失（這個肉身，和一切可能之人的關係網絡），那時電腦啦網路啦這種東西尚未普遍，所以也沒有那種「警方尋獲死者之電腦，正試圖解密硬碟資料庫中所有可能之檔案」……這人在心如槁木死灰，全然地擦滅自己的形影（腳印？鉛筆素描血像？）之際，有沒有曾一絲極微弱的盼想……也許譬如卡夫卡、張愛玲，這些嚴峻囑託「死後請一定要燒掉」的遺稿，終於會被背叛，會付印出版？成為「此不在」的傳奇？或如邱妙津的「日記」，那肉身早滅但封閉世界裡的狂亂、絮語、哀慟、自言自語、被掩殺的夢之碎燄……它們如電訊浪在那些「遺稿」裡竄跳、蛇走、自體燃燒。但他媽誰知道運氣不好，所託非人，那份稿子在一種粗魯疏慢的傳遞中，被弄丟了？

除了他，那位女老闆（她當時一定只是隨便翻翻），再沒有人讀過那份手稿了吧。現在女老闆也死了。他心中甚至浮現一瞬邪惡的想法：要不是找不到那份手稿，現在的他，其實可以將那疊「無人知曉的廢紙」，拿來稍加點工，變成一部小說，出版成一本掛著他名字的書。當然這整個怪異行動劇的重點在於「寫下這些瘋言譫語的人，已消失了、死滅了、不在了」，這一點沒銜接上，那些哭喊、尖叫的破碎短句，就只是虛構，只是偽詐，只是一些靈魂已被榨乾的枯萎花瓣。時光沖洗的殘酷是，現今年輕一代，根本沒有人記得那個人的名字了。甚至對他這輩極少數猶對那年代「追憶逝水年華」者，那個人在皺眉努力回憶，「啊有有有，我記得這麼個人」，也只是一個「自殺者」，一抹灰影子。

事情是這樣的，有一次，他在一個宴席中遇見了那個怪異的女孩。

她是這屋裡所有眼皮畫著像蝴蝶鱗粉閃閃銀光貴婦們籠絡套交情的對象，但她就像個酒鬼，頹廢的脖子伸長如一隻鴕鳥那樣坐著。

她從包包裡拿出一罐已不冰的啤酒。當然全桌只有他看見，然後她又掏出一盒非常怪的「女孩冰敷小腿腫脹的貼巾」，說有天她小姪女發燒，她一時興起，就給她前額後腦貼上這個。結果非常有效。

這時他才抓到調頻，這女孩在和他要寶，像無可奈何又厭煩至極的孩子祕密的小叛逆（她可是從少女時代就被迫參加過無數次這樣虛偽無聊的餐宴），後來她又從包包拿出一張拍立得照片，說是她在美國時，有一次牙疼，臉腫得像豬（照片裡像一隻被痛揍過的拉布拉多犬），這是當時拍照存念。他小聲的，大驚失色地說：「快收回去，千萬別給別人看到！」

這女孩醉醺醺地說：「假設有一份手稿，如果不被人看到，沒有任何人看到，它可能存在嗎？我是說，它終究在被閱讀那時，像南北貨店麻袋口翻開的海蜇皮乾貨，你少掉一個環節，卻讓它們重回在藍色大海中款款舞動的透明水母。但那是怎樣做到的呢？」

他說：「妳是指鬼片裡，那種空景記錄著街燈暈照的無人街景，那種監視攝影機？」「不，我是指眼球這件事，或至少是手術刀切下的視網膜像底片被光子群擊打時，形成怎樣的解析、判讀、換算的那一區大腦額葉？我們幻想：可以沒有這眼球的存在，而一切美景（像核爆後無人類在場的防爆攝影鏡頭），仍在拍攝著？」

見鬼了。他想。討債的終於來了。這鱗粉眼影女孩，或是那死去老闆娘的女兒？或是那消失之人的女友。在那份稿子不存在多年之後終於像鬼魂來索討它被粗心守屍人燒掉的身體。他小心翼翼地說：「妳是指一部『無人稱』的小說？」女孩把臉湊近他，小聲說：「所以他們來找你果然是對的。這是怎麼一回事？上個月我發現我懷孕了，而且已經四個月了——我爸知道會殺了我——但我還是處女。」

他差點噗嗤笑出聲。他想：FM2。東區那些夜店輻射狀馬路還每隔一百公尺癱倒爛醉等著被「揀屍」的美少女們？她們每個都信誓旦旦自己像聖母瑪麗亞一樣猶守童貞。她紅著臉，這次從包包裡拿出一張暗影模糊的胎兒超音波照片。沒有那根雞巴，沒有那個曾被它父親雞巴插進去過的銷魂玉體，沒有那件事……他突然理解這故事該試著怎麼艱難地解釋了——最悲傷的是，重點：也沒有那個嬰孩。但他們卻向他索討「那孩子這一生所見，腦中寂靜播放的公路電影」。不能有旁白，不要出現人對著你（鏡頭）說話時的上括號和下括號。最基礎的理解是，霍格里耶的《百葉窗》。如果這時，他和女孩同時轉頭，會幡然醒悟原來他們也只是那份弄丟的手寫札記中的潦草凌亂的一小段文字。

最終一無所獲。

如那些老梗、那些老江湖的勸告：在這城市掉了任何東西，絕無再找回它的可能。似乎像深藍海洋整團銀光燦爛的小魚苗，梭游著，就是這城市曾經無數的傷口，藏在任何一個想都想不到的角落。櫛次鱗比在暗影層次更深的暗影裡，甚至是極淡極的一抹搖晃的柏油熱空氣。有任何物件，被主人遺落了，掉在那靜止的、想像有衛星定位儀螢幕上必然的一粒小光點。事實上，一旁無人知曉的拉鍊——也許可以想像成捕蠅草、潛伏成礁洲的鱷魚驟然張大的嘴、鬣蜥的伸縮皮尺般的舌頭、或某種空幻片漂浮在無垠太空的微形黑洞，反正沒人看過那是怎麼回事——無聲地靠近遺落的，即使再珍貴，以為啟動撲天蓋地的大搜尋必將找回的失落之物，那些傷口嘩嗞一開一闔，就將它攫扯吞食進另一個次元暗世界了。

可能會在這樣的，整座城都熟睡的無人巷弄裡低頭尋找，街燈像暈染的水流將眼前這大腸鏡般不斷翻出絨毛褶皺的纏錯巷弄，映照得彷若《慾望街車》那樣的舞臺光氛。當然不會遇到坐在街角吹著薩克斯風的老黑人。但會瞥見一盞燈泡光度的小門洞光圈裡，不可能此刻出現但真的出現了的，五、六個帶著夢遊者神情的老人，拱縮著肩背，圍著一個老婦一圓白煙的白鐵小攤車，沉默、哀傷、疲憊吃著他們碗裡那白煮的豬的內臟。

或許是，豁然開朗，走到一所小學邊的社區小公園，有二、三十人架起攝影棚那樣的傘燈、攝影機、拖著電線的發電機發出噗嚕聲響，超現實打光而使每個人腳下有四五個薄薄的影子。那導演是倒戴著紅色棒球帽，被一群人包圍著呑雲吐霧。他們打招呼，告訴這老同學在找丟掉的人稱，他則說他們在拍一支「珍愛這島嶼上的每一個人」(主要指那些陸配、印尼、越南、菲律賓的移工或外籍新娘)的宣傳短片。這老同學邀入鏡幫他們說一段話。但是當拿著一張他們給的瓦楞硬紙板，呆傻對著攝影機，發現那紙格上用麥克筆寫上的宣言是：「每一棵老樹都有他的靈魂與記憶。」

轉頭發現，隔著一條小街，那小學操場裡一株比起其他樹都巨大許多的菩提樹在這樣隔了一段距離的打光下，那樹幹像一尾被用機器鉤臂從海裡吊掛起來的巨大鮪魚，發出流動、不可思議的銀色光輝。周圍的其他比它年輕許多的樹群，隱沒在黑暗中，像翻騰的海浪。這株據說有九十年紀的老菩提，好像是幾年前從街巷另一端一幢古蹟建築的老教會被拆除時，他們用四五層樓高的大型吊車，把它從一空闊的巨洞吊出來。當時已鋸掉它那些極粗的枝臂和根岔，整個就只像一截圓滾滾巨大的、神的積木。他們把它栽進這小學操場中央，可能有一些專家在它周遭架了一些支撐架，並像紗布縛纏著粗樹幹不同部位一圈圈的保溼抑或養分的什麼。好幾次人們經過這裡，都覺得這棵老樹已經死了。

沒想到這時看去，那不自然的打光的剪影中，竟發現非常不協調的，在那粗礪巨大，不是連續性線條的分枝再分枝，就在那光禿禿老巨人肩背般的、被截肢的粗幹四周，冒出一片片薄如銀箔、小小翻飛如碎金的，那麼柔弱的幾片菩提嫩葉。

字母會 無人稱

顏忠賢

I

無人稱

Impersonnel

完全無法置信地殘忍而近乎謠傳……她們在那個太冗長的夜晚死盯著螢幕，專注地一起看著那一個日本名烹飪節目所太過熱衷地浸泡在史上最強廚藝鐵人中國菜殊死戰……

因為其中最有名的一道名菜是熊掌肉泡在普洱茶和不知名中藥熬滿一晚第二天上場前再用老火蒸籠再慢火熬蒸最後兩小時才變成長得像一團古怪黑炭團的湯汁黝暗入口即化般的東坡肉團塊，另外挑戰對方的一道名菜卻是以頂級的深海野生巨大鮑魚泡祖傳醬汁來緩慢地浸透入燉飯再伴上非常費工的熬富士山嫩荀老湯汁，四川深山捕獲的古代傳說中滋補聖品剛出生未剪臍帶的乳山貓肉……

但是長得很美也很帥的諸多特別來賓們卻完全分心在對彼此臉蛋和身材的無止境地嘲諷，或許因為他們的重點也不是在猜菜的料理祕訣反而是在猜菜的準確價格……無稽炫耀嘩眾取寵的那節目是那麼古怪地喧鬧，但是她們仍然同時沉浸在一種快睡又睡不著的煩躁之中，對於老中國菜色的那種更怪異料理法難度高到難以置信，但是卻又不太被認真談及，主要是對中國料理的理解……雖然很容易也很迅速被膚淺特別來賓們時而起鬨混亂而打斷……

從小極端愛烹飪的她們覺得好像被廚藝鐵人們打開了另一個縫隙成另一個宇宙觀的想像及其講究。

儘管那節目半夜放映過程始終被打斷，但是偶然廣告亂轉時停下來的其中某一個彷彿亂碼干擾的影片是另一種怪異的講究。

那是電視上重播了福音戰士劇場版……仔細想，那已然是她們最後看到的日本巨大機器人漫畫了，那是某種她們青春期最終端的烙印，有些故事或隱喻已然太過模糊了，過了那麼多年但是仍極印象深刻的，那些像她們的女主角們的肉身穿上駕駛艙中緊身服的太性感，敏捷好強近乎潑辣地老欺負那男主角性格的懦弱遲緩矮小的可憐。

其實裡頭種種……一如陰沉的科學家父親及其陰謀，EVA和使徒的修長機械人形的極速殺伐空襲對決，引發的衝擊近乎核爆的毀滅，都還更用力地涉入了更多用毀滅來救贖的種種末世神學或哲學上的兩難詭辯，常常在快速的畫面翻轉炫目疾光的大爆炸中卻突然出現宗教古樂或交響曲的緩慢管弦樂，慢動作的畫面中所有的噴血殺伐都變得異常地艱澀疏離，死海文件圖籙一如外星文明降臨頒下石碑的啟示錄所啟動的末世預言種種都太膾炙人口太多年了。但是，她對她說當年最難忘的，仍然是那些死角般的角色們那種種投影的最末端光影中的陰影。福音戰士幾乎是所有她最厭惡的死宅男退到子宮般最深的胚胎原貌標本，心理學分析的樣本最完美雛形，一種完全不想長大也不會長大了的精神狀態，一個害羞而退縮的男孩原來的天真善良但卻毀滅了全世界的末日故事主角。他老覺得自己老得太快了，這世界也變得太快，他根本還沒有打從心去面對或接受這些世界或人類長大之後的改變。

其實，少年不是鬼魂，成人不是超度者。但是，這種困難重重很像某種更諷刺的暗示。一個人心太複雜的無法天真，惡德的逼近，長大之後必然龍困淺灘的仍然倔強，不可能信任又不甘願不信任，懷疑別人又懷疑自己，傷害太深的無法療傷。一如宇宙的令人困擾到難以想像的反物質般的崩潰塌陷，把黑洞旁邊所有星球及其星系的所有生態都完全吸入那種無窮無盡的闇黑之中。這些一如物理的難以描述。一如福音戰士那種所有的必將毀滅地球的第一二三四次衝擊都是由於她們同情的那懦弱少年的一念之間的倔強或逞性子或徒然的憎恨。

一如她們最後那晚還看到另一部叫作《超能失控》的重播電影，也是這種少年們意外地擁有超能力之後仍然必須面對自己依舊懦弱庸俗悲慘的人生，而且被告誡千萬不能被發現有超能力，不然會引發更糟的狀況。但是後來就真的失控了。因為那少年在被像她們那般強悍的女孩嘲弄，被同學欺負或被父親修理之後不免就暴怒發作……那是某種更古怪時刻的自我想像，極端自卑而出現的自傲，他最後竟然就把自己想像成生態系獵殺食物鏈中的最高物種，然後用超能力在瞬間就把這些身旁的家人和友人都冷血地秒殺了。她們看了那種殘暴的殺戮現場的血肉模糊，卻只覺得好悲傷。這些一如福音戰士死宅男的少年們都好可憐，他們是這個時代的縮影。太超能力般聰慧而引發的暴戾永遠無法隱藏的無法無天，但是卻被封印在這麼平庸的不可能不誤解他們的世界。

所以她們真正的問題是太同情那些福音戰士少年幻象般地始終耽溺的那種狀態裡頭，或許她們自己也是，也始終沒有長大，也太入戲到覺得這世界就是應該如此殘忍，無法逃離，無法無天地傷害，無法挽回，更無法療癒。最後就不免跟著陷入某種一如自虐自殘般的愚行，陷入了那種瘋狂，那種撞入彷彿捕蠅草放大數萬倍陷阱之中的瘋狂，注定在那即使長出了複眼羽翅疾飛也逃不掉的飛行，在沉迷於花蕊花心一如快轉畫面中瞬間長大盤旋入雲的華麗美絕之中，即使以為可以逃離但是就必然殉葬在那種「毀滅人類然後才能拯救人類」的末世福音裡頭。

看電影的過程中她說到前一晚她夢見那個她很討厭的男人姦淫她的事，他在她身上一直抽送亂動但她完全沒有感覺，可是那個人卻好像很激動而且時間拖了很久還一直不射精，但是地點在她們打工地方的一個一起工作的桌子上。她說她非常討厭那個夢，那個人一直都在打工的地方不得不合作的過程還是很不合作，甚至往往遲到早退有時候就無故消失沒有來，或是一直在找藉口找麻煩，令她非常地頭痛。但是她為什麼會夢見在跟他做愛呢？她也不知道為什麼，聽說他有一個很美很溫柔的女朋友叫作芳芳，他還是不愛她就像那福音戰士裡的他的一生彷彿永遠做什麼都很不專心，或許是因為他長得太過瘦弱俊秀。

為什麼會這樣？這種夢中的歪歪斜斜的挫敗感像極了當年的一件更可笑往事的難過……那是一種稱為金門的「神龍一條根」的名藥及其麻煩。她說她那時候還很小，跟著她媽媽和一群阿姨們一起去金門玩。那像是一個騙局，但是現場又非常地可笑，走了好幾天的老廟古厝和戰地坑洞戰壕的壯烈行程之後，她們被帶往海邊的某種較開闊一點的風光，那是一個小農場般的地方有一大片混亂長出荒煙蔓草的野地，一望無際，空氣沉重而帶著海風的鹹味，就這樣，她們逛了好一陣子，覺得出奇的無趣。那裡始終就是一群臭男人們的臭歷史所占領的地方，壯烈和粗野是唯一而雷同的蠢話題，她覺得太令人不安又難受，缺乏任何一點點可以依賴的溫柔感或這個時代較不那麼窒息感的舒坦，只是有更多忠孝節義勤儉持家的舊古蹟和精誠團結反共抗俄的老碉堡。

這使得那農場野地突然顯得那麼地可人，尤其在那個長得出奇俊秀到像裴勇俊的農場年輕男主人講了有關「一條根」的故事之後，講了更多那種做成藥湯就可以美容養顏又可以滋陰壯陽的奇效還同時提供大家農地體驗的難得機會，她完全想不到那些深深覺得太不可思議的媽媽阿姨們竟然就都拚命地在地上挖，在海風之中的野地裡認真地找尋，但是怎麼沉迷地下手然而挖出來還只是一根一根很小很寒酸的草根，好幾個小時仍然少得一點也不起眼。而且那個農場主人說其實這樣自己不能夠直接當藥用，還要複雜的加工加溫乾燥萃取之後才能夠吃，而且還告訴她們店頭有很多包裝好的可以直接吃，但卻是要用買的。這時候的她才明白剛剛好幾小時的費心費力都是白費，像個無法解釋也不想揭穿的玩笑，所有的她們到了一身汗又一身泥濘的那時候才發現都被那俊秀的男主人騙了。

她說那麼小的她至今始終記得，那是多麼難堪的回憶中的畫面，一群穿著時髦的臺北貴婦卻只像農婦的鄉村女工一樣的她們都一起趴在那一大塊還有點泥濘的草地上，好多好多的屁股對著她，還始終死命地往前一直挖一直挖。

另一個她則說起……有一回在整間地上黑壓壓地充滿頭髮的光線死白的她常去洗頭的老店裡，她疲憊不堪地坐上椅子上洗著洗著就快睡著了。

但是，那天那幫她洗頭的六十多歲客家阿姨卻用一種又好氣又好笑的口吻罵她，年輕人別太貪睡，她說到了今年快一百歲九命怪貓般很會生又不會死的她媽媽的可怕往事，那是難以想像的艱難，當年竟然生了十二個女孩，她是最小的女兒，她的大姊今年已經八十歲了。那個時代，那個家，像一個搖搖欲墜的鳥巢懸在一棵快倒的樹上，沒人相信是可能的。當年她那辛苦到每天近乎崩潰邊緣的媽媽為了養這麼多小孩，除了做不完的家事之外，還跟她父親一起去苗栗的軍營裡面硬做粗工，什麼工都要做，搬磚頭石頭，灌漿，甚至要扛鋼筋……當年軍營的人看她媽媽可憐，家裡小孩多，就把剩下的饅頭和飯的鍋巴都給她帶回家。那阿姨說，她們家的兄弟姊妹從小就是吃這些軍隊裡剩菜剩飯長大的。她媽媽每天要做多少工洗多少衣服，比男人還拚也還有力氣。所有人都很尊敬也捨不得，因為從來不讓人幫的她連幾號筋都行的鋼筋都一次可以扛三根那麼極粗的又長又重……那阿姨說，我媽媽的命真的非常硬，甚至在她那輩分的人都死光了二十多年的現在，只有她還活著而且還仍然神智極清醒到打麻將仍然沒人打得過她。

在牌桌上的仍然閃爍眼神狡猾極了餘光盯下家那陪打牌姊妹的她媽媽常嘲笑常加班到晚上的她們說，妳們現在只做到這樣就叫作累啊？

她卻又說起小時候她反串演過《漂泊的荷蘭人》，在華格納的名歌劇演那被詛咒的水手。那是歐洲的古老傳說，船長的女兒為他自殺使他永遠無法上岸的太著名的悲劇。

後來，好像是被詛咒般的她一長大就始終在談戀愛，沒有拒絕過一場場大大小小的戀曲，像場煙火表演或是給別人的禮物，讓自己成為一個對方心中角色扮演的模特兒，一個稱職的幻覺中的幻象。但是，在大部分的時候她都在想……如何讓他討好我討好得更開心，或許如何讓他即使不開心但仍然接受我的開心是一種必然。其實，她所瞭解的自己並不是這種人，一如她說過她有一回半夜看一部古怪的俄國電影，那使她一直想到她自己，古老俄國的古老傳說永遠是最為深刻動人的，那是一個老舊的故事，一開始只是某種狀態的尋常描述，陰沉的天氣散發了太多的陰沉氣息，無心的老師帶學生在叢林裡進行校外教學，後來出事了，而且愈來愈離奇，那自己也很害怕的女主角為了救同學仍然必須前往森林深處尋找對抗黑巫師的咒語，但那咒語必須是轉世的女巫天后才能有足夠的潛能殺死下咒的黑巫師，但是卻完全沒想到巫女們喚醒了女主角的前世，當然在最後她意外順利地殺了黑巫師但她並非真的是天后轉世，而是女巫們只是利用她殺了黑巫師。

那故事中最令她印象深刻的是……最後一幕巫女問被利用的女主角，妳已經是長生不老的女巫了為何還不滿足？但是她說那是一種難以明說的折磨，一如一種無人明白但最心痛的詛咒，她說，或許這也就是她的命，她老是無法承認她自己也就是轉生幾世的女妖，還一直給所有情人幻覺然後再犧牲他們，其實到了最後她才瞭解終究還是犧牲她自己……因為當女巫活著就是得每一次都心痛地看著她愛的人一個個死去，在那一千年過去了之後，心痛依然但是無人知曉。但是到最後她自己卻只是一直一直地養流浪貓，養到牠們死去，最後就只能幫忙洗下葬入土前的貓屍。

一如她說她也演過小紅帽裡的角色，而且常常是同時演老奶奶又演大野狼，但是，每一次最開心的……都是到了最後，可以露出獠牙把小紅帽吃了的那時光。

電視始終還是在亂轉亂看……

對抱著貓盯著螢幕的她們而言，那是太過遙遠的另一個場景與另一種切割，廣告中的咖啡廳角落有一個穿芭蕾舞裝背天使翅膀的小女孩從舞臺走出來，和更多半裸輕浮的性感模特兒穿著誇張的戲服出來走秀，那是一個義大利的名咖啡豆LAVAZZA拍廣告的現場，引用了某一個羅馬廢墟中破爛不堪的陰霾充滿古代宮廷場景，然而在畫面中卻出現了非常華麗繁複的諸多貴族官吏和那外披著華麗豹皮長袍但露出極端性感妖嬈內衣的皇后在刻意地訕笑調情，或是另外在弄臣衛兵重重包圍之中所出現好多也穿著官服的侏儒演出的某種怪異的秀……那麼華麗地炫目而荒唐。

那像是某種流湧於虛構時間中角色與人物狀態及其牽動變化風景的流變。滑稽的表演正以不可感的豹皮大衣妝扮團繞成雲霧進場成更不可感知更無可辨別的陌異降臨，轟然引導著不可見的豹紋斑爛般的奇觀……

牠那常恍神的女主人離開之後，她幫她看著那隻因為有性病而只好長年跟其他貓群隔離的豹紋花貓，牠剛開始還很無精打采悶頭沉睡地不理人……後來卻因為她溫柔緩慢地撫摸牠的黝黑額頭到長相有點怪異的耳朵而竟然開始有點異狀，不太明顯到不太像話地頭顱半晃動半抖動，全身扭曲而抽搐地在黑茸茸的全身豹紋花毛揚起旋動，貓身顯得極度不安地摸索找尋些什麼慰藉，全身豹紋花毛也始終不安地磨擦牠主人剛剛坐很久的舊皮椅那深色破爛不堪的老牛皮坐墊的糾結黏稠，近乎纏綿悱惻又有種更深的不滿……

那近乎是長年養貓的她多年印象中季候變換過程的發春癥候……尤其是牠那扭曲的貓身豹紋花毛中的下體異常勃起而露出血紅色的陰莖，那是長相極端怪誕的尖尖的如人的半截指頭大小，非常地堅挺，一如某種食人花的花蕊，某種獸的獠牙賁張，某種深海怪魚的魚頭銳角鱗爪或毒蠍的長尾繞回的恐怖倒刺……對完全沒有心理準備這種異狀的她而言，是那麼充滿攻擊性的暗示，尤其牠的眼神始終盯著她，充滿敵意的善意，還一直怪異地嘶吼叫囂，彷彿就要撲身而來當場撲倒而姦淫她……

但是她在有點害怕恐慌之中卻也有點異常地亢奮期待，一如以前她養的貓，大多時間都不太搭理她，但是只要一入睡到太沉的夢境，牠就會異常地鬆懈到沒有尋常武裝冷漠而變得那麼甜美動人地依偎在她懷裡，這時候，更怪異的是牠會微微張開雙唇，嘴洞中那也入睡了的舌頭竟然會半吐出來，彷彿在夢中跟她做鬼臉，而她也同時會用另一種同樣怪異的心情仔細端詳牠的好不容易不設防的闔眼貓臉，安詳而靜謐，一如沉浸在幸福感的狀態中不想出來，使她常常竟然就在這時候開始小心翼翼帶有點惡意地玩弄起牠那粗糙而近乎帶刺的舌面，那老是用來舔貓毛舔貓爪或用來咬噬蟲屍的可怕舌面……

更怪異的是，她的下體就會溼了，有種怪異的半性高潮般地亢奮。那變成是她那段時光中每天睡前撫慰自己的某種怪異的近乎超現實的自慰，像是某種極光或彩虹在氣溫曄變季候怪誕的日子裡會旋而現身的迷離感，她非常地享受但是又從來不曾跟別人說過這個祕密，妄想忽現或是輕浮縱欲的洞口縫隙偷窺到的更隱晦的春光乍洩的一瞥。

然而，這一瞥使她始終想去愛撫那豹紋花貓的血紅唐突勃起的陰莖，但是又始終不太敢更接近牠的充滿性感賁張欲火的貓身。就這樣，那咖啡廳的古巴爵士樂愈來愈炙熱，而她的下體也又溼透了。

那真是一段真空的時光，時光荏苒地流逝感顯得那麼迅速又那麼緩慢，她近乎是著魔了。但是在那咖啡廳裡又完全必須假裝沒事，不能太過引人注目的死寂之中，她彷彿被那隻犯邪門的豹紋花貓在幻覺中插入了，激烈地姦淫到瘋狂地浪叫吶喊，淫靡地不知如何是好，但是，現場沒有任何人發現也沒有任何異狀……

只有她已然在牠的古怪邪門瞳孔注視中近乎全身無力……她就這樣地渾身火熱滾燙地在那老咖啡廳的死角靜靜地感受這種太過怪誕的性愛近乎欲死欲生……不知又過了好久，那貓的女主人回來時緩緩地開門，完全沒有異樣地恍神晃蕩不在乎，牠就同時也緩緩地回到原來的溫馴。

她跟她說牠剛剛發情的狀態，她說，不可能，牠結紮過了。

一如尋常模樣的那貓卻又完全溫馴倒在女主人身上。彷彿剛剛可怕的嘶吼發出勃起怪異性器官的現場，一如令人費解的異狀發病或近乎發狂到在某個幻念中已然抽插她那麼深那麼久的可怕淫蕩都沒發生過……這使她非常地懷疑，到底這異狀只是她幻覺般的妄想還是那心機極端深沉的邪門豹紋花貓刻意要試探她！

字母會 無人稱

胡淑雯

I

無人稱

Impersonnel

死亡捕獲大暮的那個九月，月亮生鏽了大半個月，赤色，偏低，像是換了引力。第十二夜，大暮的父親母親邀請守候在外的我們，十幾個，一一進入加護病房，當下我們就明白，要拔管了，這是最後一面。

進去又出來的同學說，大暮的頭顱腫得奇大，將眉毛鼻心與雙眼推得好遠，看起來安祥又可愛，好像得了唐氏症，又像少了十幾歲，變成外星人，眾人半泣半笑垂下頭，知道再多的玩笑與祝禱都沒能創造奇蹟。

同學們都一一探視了大暮，只有我不肯。但是因為人太多了，倒是沒有人發現。

假如大暮還有意識，還能看見或聽見，我反倒有勇氣與他告別，以告別的語言斥喝他，叫他回來，回來，回來面對我，把話講清楚。接著我會擁抱他，湊在他的耳邊說，對不起。也許還會親吻他膨脹的額頭。大暮你不要這樣，請你把信裡的話收回去好嗎？

大暮生前對我最好。不對，他還沒死。此刻還有呼吸的，是一個等待認證的亡者，我不想看見他死去的臉，我怕此後再也忘不了那樣的一張臉。

大暮出事前一夜，曾經找我談話，我說今晚沒空改天吧。隔天他就摔車了。

入院後他曾經張開眼睛，但醫生說那並不是「看」，他並未「看見」。眼角曾經滾出水滴，卻不符合「流淚」的定義，那不是蓄滿重量的，情感的分泌。辨別是哭不是哭，要看心臟與腦的反應。在醫生的指導下，大暮的父親母親必須學習相信心電圖與腦波儀，而不是自己的心。醫生將大暮的死分成十二份，每一份再依會面時間切成幾等份，以分期的方式，讓死亡一點一點兌現，彷彿經由這樣的預習，可以讓大暮的父母提早適應喪子之痛。

大暮在第九份的死亡中，度過十九歲的生日。我們在病房外替他慶生。切蛋糕的時候，小葉提起車禍當時，救護車抵達之前，大暮半笑半真討了一根菸。大暮摔車的時候，小葉騎在他後方，目睹了全程。據小葉說，菸才剛點著，大暮就吐了，說出幾句沒人能聽懂的話，失去了意識。那個下午，我們共同加入的社團，結束了三天兩夜的營隊，呼嘯下山。一大把不知天高地厚的青春，騎著一列老舊的機車，奔向鮮豔的落日。出事前一晚，子育向大暮借了機車，下山買啤酒，返回後警告大暮，說，煞車怪怪的。大暮沒把這事放在心上，他的心裡另有要事。他在深夜拜訪女生的寢間，將我從半醉的睡意裡拉出來，說，「我有事要跟妳談。」我拒絕了他。那堅決冷淡的表情，恐怕就是大暮對我，最後的記憶。於今回想起來，那一晚，月色在我眼中就有了異樣。

蛋糕蠟燭點起的時刻，是慶生還是守喪，每個人的心裡各自有底。該祈禱他活下來嗎？醫生說，至多是個植物人。交談中，我們得知，大暮的父親已經快七十了，他是五十歲才結的婚。當我們得知大暮還有一個弟弟，竟感到一絲痛苦的安慰。這情感或許非常庸俗，但是能安慰人心的，往往是最庸俗的事。我們盤坐在病房外的走廊，淪流訴說「大暮與我」的故事，或，「我所認識的大暮」，在某個可愛的笑話之後，陷入短暫的沉默。事已至此，血已成流。當我們開始這樣訴說大暮，大暮就成為回憶了。

我跟大暮同年，是在社團裡認識的。每週四的讀書會結束以後，眾人吃完宵夜，我總是搭他的便車回家。我住松山，他住南港，機車一路向東，我從來不曾讓他繞道，下車後步行十分鐘回家。剛上大一的我，就這樣搭了大半年的便車，與大暮成為社團裡最相熟的朋友。

事發前兩個多月，也就是六月中旬，期末考週，大暮寫了一封信給我。那封信沒有信封，是三頁對折再對折的信紙，我不知道這東西是怎麼溜進我的英文課本裡的。大暮在信裡要求我，讀完這封信以後，必須替他守密，「不要向任何人陳述信件的內容」。從那天開始，我一直生著大暮的氣，氣他將我鎖進他的祕密之中。那則祕密對同樣十九歲的我來說，實在太沉重了。

打開信紙的一刻，我被整片的紅字嚇壞了，馬上逃離密密麻麻的圖書館，避開準備考試的人群。那封令我顫抖的信，是由紅色的簽字筆寫成的，略帶凌亂的筆跡，隱隱流洩了瘋狂的憂傷。我讀了一遍又一遍，被某種下墜的冷鋒團團圍困。我把那三張信紙折成小塊，扔進書包裡，任其淹沒於期末的混亂之中，但我感覺它日日長出新的指甲，在堅韌的布面裡又爬又抓，我持續不理會，它就長出拳腳，衝撞書包的四壁。隔了八或九天，我不願再讀任何一次這封信，也不願收藏這個祕密，動手撕碎了它，打算扔進路邊的垃圾桶，卻依舊感到一種洩密的恐慌，於是找了一個無風的角落，將它燒成灰燼。過程中，只有月光陪著我。那滿月幾乎是銀色的，卻帶有奇特的暗淡。

你怎麼可以寫這種信給我？可惡的大暮。我只不過搭了你半年的便車，你的好意要我用這種方式償還？那紅色的簽字筆是什麼意思？那是批改與審判的筆。

期末考後就是暑假。我得到兩個月合情合理的逃避時間。再見到大暮的時候，已經上山了，營隊的課程很密集，人與人的相處明亮擁擠。藉著集體生活的保護，我暫時迴避了大暮。再多的時間都不夠我消化那不可消化的。我只能排除它，像吃錯藥的人，把東西吐掉或瀉掉。

離營的時刻，夕日割開天幕，殺破血管，演出一場華麗而安靜的殺戮。天色美瘋了，大家都癲癲的，捨不得告別，男孩們以隨地小便的方式，炫耀陽剛的孩子氣，一邊灌著昨夜未竟的啤酒，一邊整隊，分配下山的車位。我閃進載運器材與海報的小貨車，先占先贏，我怕大家叫我上大暮的車。「反正妳跟他的機車最熟，就妳吧。」我可以想見大家的反應。小貨車發動的一刻，大暮拍拍車窗，對著我送出無聲的唇語。我沒有看他，目光漫向遠處的矮山，又退回某個隱祕的暗處，等他離開。車禍後，眼尖的同學問我，大暮當時跟妳說了什麼？我說我沒聽懂。

大暮騎車下山的時候，帶著心事嗎？他是否過分專注於心裡的事，忘了分心保護自己？但他的煞車確實故障了，這條線索解救了我，讓我相信自己與大暮的死並不相干。這是一場單純的車禍，更何況，大家行前都喝了酒。雖然只是幾口失溫的啤酒，並未超標，車禍後大家依舊絕口不提，彷彿密契了似的。

假如前一晚，我回應了大暮的請求，聽他訴說，事情會改變嗎？倘若相談以後不歡而散，則他的驟死會在我的內心掀起更大的暴動吧。

也許我的被動我的沉默自始至終，無非出自防禦的本能？

那一片血紅的歇斯底里。那封信，為什麼是紅色的？

葬禮在大暮的家裡舉行。一座小小的家庭鐵工廠。我一早就去幫忙了，竟意外接待了自己的外公。「原來妳說的那個同學，是我老同學的兒子啊。」

外公對這樣的巧合也感到不可思議。

外公與大暮的父親是「老同學」，綠島政治犯，同一個船班，同樣的刑期。這表面的巧合說明了，大暮與我身為老同學的後人，是如何慣性掩藏著自己的身分。

儀式後宴客，留下來的二三十人就著塑膠餐碗喝湯吃飯。外公說，大暮的父親入獄時尚未娶妻，是出獄後結的婚，迎親的禮車，還是由外公的計程車改裝的。以前的計程車可熱鬧了，什麼顏色都有。外公的車是檸檬青，但大暮父親記得的，是一種彷彿稀釋過的淡橙色。相片是黑白的，無法斷輸贏，我卻在兩位老先生的記憶之辯中，祕密享受著遺忘的快樂。我快要想不起大暮的字跡了，因為這樣的緣故，那些字句彷彿收斂了躁動，平靜了下來。

送大暮上山安葬的途中，某個同學提起，大暮出事前一晚，與一位暱稱心心的學姐聊到半夜。這位學姐與大家都不相熟，她的行事風格帶有一種天才少女的淡漠。在同學們節制、隱諱，想問卻不敢問的言辭糾纏之中，有實事求是的渴望，也有對隱私的好奇心。一則遲到的流言像冷卻的湯汁，在震動的黑色靈車中暗暗潑灑。結論是，大暮生前似乎苦於一段單戀，對象如果不是心心學姐，至少與她有關。

我很希望這是真的。只要大暮的心事不只一件，我就可以埋葬那封信，埋葬那片密密麻麻的紅色字句加諸於我的負擔。葬禮結束以後，我將大暮棄置於積極的遺忘之中，直到再次遇見他的父親母親。

昔日槍決政治犯的「馬場町」，改建成歷史運動公園，官方為俗稱老同學的政治犯舉辦了一場紀念音樂會。外公腿傷，我充當看護，陪他去見老朋友。雖說是五月的「春祭」，天氣熱得像七月半。週末的草坪滾動著活潑的人群，騎單車，放風箏，慢跑，溜狗，年輕人追逐著高高低低旋轉飛繞的模型飛機，沒有誰對這群老人的現身感到好奇。公園可以遊戲，無法歷史。老人們個個盛裝而來，精神抖擻，在空曠的野草與大風裡尋覓著多年不見的老同學。

我在長輩中認出大暮的母親，這對母子長得真是像啊。我遠遠看著婦人那張大暮的臉，憶起了當年那九月的月色。

架高的舞臺上進行著滔滔不絕的演說，麥克風每暫停一次，老人們就轉動頭顱，前前後後攀談起來。倘若現場舉行投票，要求取消儀式，停止一切表演，肯定會得到壓倒性的勝利。他們是為了跟老朋友說話見面握手擁抱而來，不是為了面向儀式性的舞臺而來。

中場休息，將外公安頓在他念念不忘的老友身旁。

「上次見面是什麼時候啊？」

「阿成他孫子的婚禮吧。」

「這樣啊……」

「那不就三年了嗎？」

嘉義來的那位老先生開始哭，南投來的那位隨之啜泣起來。

「留下來吃晚飯嗎？」外公揉著眼睛說。

「等下問問我兒子，不好意思讓我兒子陪我耽擱那麼久啊……」

「阿添的訃聞你收到了嗎？」

「阿添？竹南的阿添走了？」

難不成下次見面，又是一場葬禮嗎？

我穿過凌亂的空椅子，找到大暮的母親。

「伯母妳還記得我嗎？我是陳樹仁的外孫女。」

話沒說完我就哭了，淚水繞過多年的時光，一次沖刷而下，竟然讓我哭得喘不過氣。大暮的母親嚇了一跳，摟住我的肩膀，說，「一切平安，一切平安。」大暮擁有她的顴骨，與一對細長的眼睛。

冷靜過後，我發現自己已然忘記大暮的名字，無法向她解釋，我除了是陳樹仁的外孫女，同時也是她兒子的老同學。我只記得大暮姓謝。

音樂會後，外公與大暮的母親僅僅寒暄幾句，兩人之間的客氣生疏令人費解。外公是她的婚禮司機，不是嗎？

外公說我弄錯了，大暮的母親兩年前就過世了。我剛剛見著的那位女士，是誰誰誰的太太，他們夫妻兩一同入獄，都是政治犯。那大暮的父親呢？中風後不良於行，獨居於停擺的鐵工廠裡，由看護照料著。

是我自作多情，在人群中搜尋著大暮的臉，想像力作祟，將陌生女人誤認為大暮的母親，滯後多年的情緒瞬間潰堤，猝不及防。我被「過去」襲擊了，而那位錯愕的老太太大概以為，我在為他們所有人哭，為歷史哭，為已經不再年輕的年輕人哭。

龍眼盛產的隔年七月，外公過世了。我們辦了簡單的公祭，邀請了外公的老同學。所有僅存的人都來了，帶著相片與詩歌，一室老邁，挺著彎曲的背脊。空間不夠，座椅短缺，五十歲以下的「年輕人」全都站著。

過程中，小表妹捏著一張字條找到我，說，「這位先生指名要見妳。」字條上，一個歪歪斜斜的名字。表妹說，「他一直對著我，喊妳的名字，他說他兒子是妳的大學同學。」

大暮的父親腦袋不太靈光，看護說是阿茲海默症。小表妹與我長得並不相似，大暮父親尋找的，是一個「大學生模樣」的女孩子。時間走了，他不走，有時蹣蹣跚跚走遠了，又繞了回來。

「不知道為什麼，他始終記得妳的名字。」看護說。

「因為我們是老同學啊，」我說，「謝伯伯是我外公的老同學，我是他兒子的老同學。」這位看護是他家的鄰居，也是鐵工廠的老員工，負責伙食，她知道這個家庭的傷心史。大暮葬禮後的那場午宴，就是她主辦的。

大暮的父親握著我的手，靜靜的，不多話。偶爾像是突然記起了什麼，提了個問題，卻不真的需要答案。熱天裡穿著成套肅穆的西裝，據說依舊很愛看書。

「妳結婚了嗎？」

「什麼？」

大暮的父親重新問了一次，「妳結婚了嗎？」

我搖搖頭說，沒有。

大暮的父親點點頭。不知為什麼，我感覺他因此而得到了一點安慰。

「妳記得我兒子吧？」

我說記得。但是我沒有說，我怎麼也想不起他的名字了，只記得他的外號，大暮。

至今我依舊記得大暮，與那封紅色的信。

這麼多年來，我僅僅對得起他這麼一件事：我守住了他的祕密。而月亮是我唯一的證人。

當靈車穿過正午的陽光，抵達人間的後門，當外公的靈柩緩緩推進死亡的入口，大暮的父親或許會跟我同樣憶起，多年前，他那場五十歲的婚禮，與另一場十九歲的葬禮。一輛也許青檸也許橙黃的計程車，與一輛黑色的碩大靈車。

字母會

黃崇凱

無人稱

I

Impersonnel

無人稱

每天早上九點，我們的手機會收到政府發來的里程數簡訊。只要簡單的算術，就能輕易得出我們抵達環太平洋西側、靠近夏威夷群島一帶海域的時間。以平均每天縮短一公里的速度來設想，我們將在二十三年後越過8492公里的海洋，正式達成「脫亞入美」。

我們的島嶼還穩穩卡在歐亞板塊與菲律賓海板塊之間時，搭飛機直飛夏威夷檀香山國際機場需要十個小時，兩地時差十八小時，緯度皆鄰近北回歸線。理論上，地理座標可精準定位，所以當島嶼開始緩緩漂移的時候，全世界都覺得不可思議：這座年輕的島嶼，成形於六百萬年前，竟然違反地質結構，自行移動，看來似乎沿著北回歸線往東漂，就像一條巨大的番薯狀方舟。以往，我們積極申請加入各領域的世界組織、承辦國際運動賽事，意圖打響知名度，讓世界都來看看我們，即使付出一咪咪關心都好。有人說那段時期的努力，有如一個被排擠的小孩，努力掏錢希望同學來做朋友，認真參與各種活動就為了有其他同學注意到自己。哎呀，我們那時真是傻。那些朋友根本不是真心的。用十塊錢買來的朋友，輕易倒向能給出五十塊的人，不是應該的嗎？至少數字公正，我們都理解數字大小代表的意義。但現在呢，不僅世界都在看，我們還擁有一個每日更新的數字，公正，確實，充滿希望。

許多人記得總統宣布島嶼正在東移的消息時，自己正在哪裡、做什麼。例如教育部的吳先生，正在一場討論語文教育活動的補助會議。臺北捷運上的許小姐正在通勤途中端著手機看記者會直播。在馬祖南竿當高中老師的林先生，才剛讓吵鬧的班級稍微安靜下來，他不知道本島正在疏遠離島。搭著普悠瑪列車奔馳在花東縱谷往花蓮的王小姐，正眺望窗外的太平洋，她不知道島正迎向更遠處的海。他們都會記得，總統以她一貫和緩的語氣，陳述我們正在東移的事實，政府將每日公布移動里程和方位。不知最早是誰提出東移終點是夏威夷的說法，雖然沒證據，大家都樂於接受，從此流行穿夏威夷衫、喝邁泰，像在預習日後的大洋洲認同。本島人超過一半是開心的，他們覺得一定是心心念念的獨立意識終於促使島嶼自行斷鏈，過往那些「兩岸一家親」、「本是同根生」的陳腐說法，就連地理層面都不再合宜。在緩慢行進中的島嶼生活，有些死硬的統派人士希冀對岸趕緊武攻，免得遷移日久，戰線愈拉愈長。海峽正在膨脹，隨著兩岸距離增加，海峽已經寬得不能再稱作海峽，島持續疏遠大陸。

不到一年，儘管對岸不停宣示反分裂的訴求，島依然往東越過琉球群島的經線位置，成為舉世聞名的觀光熱點。前仆後繼的全球遊客紛紛飛來這座真實世界的「企業號航空母艦」，尤其集中在東海岸，親身感受海邊湧起的浪濤，見證島嶼漂泊。現在我們可神氣了，要是出國旅遊，只要說自己來自Moving Island，就等著收取他人讚嘆的眼光和話語。雖然我們根本什麼也沒做，只是有天島它就自己動起來。政黨照樣惡鬥，社會依然問題重重，人民的相對剝奪感愈演愈烈，生活沒有隨著漂流變得更容易。比如住西海岸的人就不見得全然擁抱改變。住在嘉義東石的漁民認為，原先近海養殖的蚵棚，隨著本島東移，距離愈拉愈遠，讓他們最終只得放棄。政府雖然給予補助並輔導轉往相關產業，漁民仍然是移動的犧牲者，出海到各漁場的狀況不時處在變動中，增添不少風險。討海人的心理壓力隨著每日增加的往返距離而升高，終究要放棄那片討生活的海域。島的東移或許利大於弊，不止有效脫離強國軍事恫嚇的陰影，至少也提高侵略的難度。大島移動如磁鐵，位處東側的綠島、蘭嶼跟著等距行進，西面的金門、馬祖、澎湖則動也不動，牢牢釘在原位。地質學上的解釋說，馬祖、金門的花崗岩和中國華南像是一家人，澎湖的玄武岩則是海底火山冒出來的玩意，與本島受到歐亞板塊與菲律賓海板塊推擠的成因有異。但這些地方卻在二十世紀中以後被歸在所謂的「自由中國」範圍內稱為「臺、澎、金、馬」。在行政區域劃分上，澎湖是臺灣唯一離島縣，馬祖的正式名稱是福建省連江縣，金門則是福建省金門縣。如今這些島嶼與本島的關係都隨著相對距離，漸行漸遠。當我們把生活在本島和離島上的兩千三百萬人口化約成統計數據，有時很難察覺生活的實際變化。

例如透過代理教師甄選，來到馬祖高中擔任國文課老師的林先生。他在臺文研究所畢業後，當一些雜誌的採訪寫手，偶爾接到酬勞較好的房地產廣告文案，跟男友一起租屋在永和的公寓四樓。可能交往時間太長，兩人對彼此的身體失去興趣，平時在交友軟體上各約各的。林先生某次遇上一個高中還沒畢業的嫩男，擔任起開苞的大葛格，突然想到多年以前，還是高中生的自己何曾想過會以這樣的科技管道失去童貞。那時候的林小弟，盡可能理性看待欲望，小心不外露與大多數人不同的傾向。他無聊時會關在房內長時間照鏡子，觀察死白皮膚，肌肉鬆軟，小腹微微凸起，撥弄發育中的肉。直到他看厭了自己，下決心像個雕刻家，細心雕塑軀體，剷除脂肪。每天晚自習後回家，就在房間揮汗做伏地挺身、仰臥起坐，灌溉到線條浮現，密密藏在制服和內衣底下。有時寫考卷，他會猛然束緊臀肌和大腿肌，刻意使力讓上臂的小老鼠浮凸起來。要知道一個人衣服下的身體，只需要輕輕拍肩膀或二頭肌，那種緊實的觸感，總讓他著迷。林先生發覺自己和男友再不是彼此投射欲望的實體，他像高中時的自己下決心，切除同居的小世界，打算展開新生活。他想到一個相對單純的環境，沒那麼多欲望圍繞，稍微清整一下自己的心。到馬祖任教的第一年，兢兢業業備課，理解在地人的心思，偶有放假回本島，跟朋友見面聊得愉快，卻沒特別想回到過去的日子。第二年，應付工作稍有餘裕，且意外談起遠距離戀愛。

林老師偶爾打開交友軟體，在馬祖抱著沒魚蝦也好的心態，偷個歡快填補空虛。那次釣上來追藍眼淚的大學生，陪著去北海坑道，乘小艇搖櫓滑行，等到所有照明皆熄滅，導覽員要大家攪動水面，淺淺的白光漂浮起來，顏色加深，一抹抹藍色冷光像是不小心被誰撒落的顏料，靜靜發光。他記得大學生驚呼形容水底有如好幾堆諾基亞8250在發光，他們在船舷邊緣疊上手掌，感覺對方微涼的手背，潑灑的點滴冷水。在那潮溼坑道中，他想像待會滾上床的動作，期待一場痛快交歡來潤滑生活的枯燥。

大學生回本島後，他們時不時在通訊軟體上閒聊，這邊抱怨一會學生、家長和同事，那邊就說點打工、期末考、曖昧對象之類的瑣事。林老師當然知道大學生的年紀正該揮霍，不管那是時間或是肉體，他只想遠遠關心，免得靠得太近，容易傷心。如果馬祖南竿島與本島的距離維持在211公里，他們或許就這麼淡泊到換成另一個對象。但正因為兩者距離持續擴大，反而讓他們的情感日趨接近。盤旋在這對情侶上空的，是無從預料的政治情勢發展。總統宣布東移演說之後，某些民間宗教團體聯盟，號召祈念「維持現狀，DON'T移」，彷彿光靠意志就能讓島嶼煞車停步。島嶼朝東前進，開始有些人提起金門、馬祖和澎湖的未來。尤其對金、馬來說，以前為了軍事需求被迫當成前線戰區，兩岸停戰多年後好不容易等到卸除戰地政務，總算能過上稍微正常來去的日子，觀光產業興起，便利超商、連鎖咖啡店都來設點了，卻看到本島正在漂走。這些地方的人們湧起強烈的被遺棄感，還真有些無知的本島人公開提出放棄金、馬，有時美其名為任其獨立。以前林老師搭飛機從南竿機場到松山機場只要五十分鐘，可想見的不久將來，航程會愈來愈長，等到越過一定的里程，就再也不能搭小飛機，也無法想像那座移動之島跟自己的實質連結了。金、馬、澎離島地方政府都在做準備，一面跟本島政府協商，一面跟強國政府商談，而且得趁本島還離得不太遠的時刻下決定。林老師直覺，在被迫自保的情勢下，三離島政府似乎欠缺強烈的獨立意圖和條件，多半會選擇歸附強國。問題是，本島政府打算怎麼處置後續作業。

南竿的媽祖巨神像原本就有不少遊客前往休憩，自從三離島棄留論出來後，更是熱門，連鎖咖啡店趁勢推出Q版漫畫媽祖巨神像外帶杯當作限定商品。以前林老師不上課時，有時會沿著海濱大道，迎風騎單車到那晃晃。途中起伏的坡度時常讓他只能牽著單車走一段，承受鄉親騎著機車路過的疑惑目光。抵達園區，爬上長長的步道和階梯，再拿出保溫瓶喝口水，擦汗，放空眺望遠處的海。那種時刻他也不曉得自己在看什麼、想什麼，只是默默望向海天融接的虛線。現在到那裡，幾乎都被宗教團體占滿，香客絡繹到此下跪祈福，不知照著什麼章法，念念有詞地祈禱。大學生來訊問他怎麼不回本島，跟著大家一起走。林老師一下不知怎麼回覆，擱著擱著就忘了回。這時代通訊路徑這麼發達，大學生既沒打電話也沒再丟訊息來，他們的對話串就停留在那個問號。現在，他掏出手機，顯示的電信服務商已轉成中國移動。他仰頭看這尊28.8公尺、號稱世界最高的媽祖巨神像，右手托燈，左手拿著「風調雨順」玉如意，左右兩邊各有相對迷你的千里眼與順風耳，日夜守望著海面。以前來這裡，單純站在觀景臺上遠眺發呆，聽浪聲掏光思緒，現在看海卻像是漫長的送行。不只大學生，家裡人也問他怎麼不回本島，他答不上來。腦子不時瀰漫著馬祖日常纏繞的大霧，但他也不確定霧散之後能有答案。他下觀景臺時走星光坑道，穿入「祈福坑道」和「慈航普渡」夾住的洞口，從光亮走進幽暗，又回到光明世界中，跳上單車，逆著騎回學校宿舍。

跟他一起到島上當代理教師的英文老師小蔡，一天放學後的傍晚，約他在操場散步走幾圈。她邊走邊說，前幾天回本島，到處都聽得見那首「來去，來去，咱來去go to Hawaii」簡直變成國歌了，超煩。本來我爸媽叫我乾脆別回馬祖了，做伊去。Let it be！怎麼可能，我現在教這屆高三，要是不幫他們加強輔導，到時學測、指考就算保送都不見得能上國立。待在這裡愈久，愈覺得，既然是當個過客，也別隨便撇下別人不管。我打算教完這班畢業再考慮回去的事。反正島怎麼漂，也不會快過飛機。林老師只是點點頭聽著，沒搭腔。他們走完幾圈，出到校外街上買繼光餅夾蚵仔蛋當晚餐，等等還得照看學生的晚自習。

林老師從教學現場和依稀記得的歷史知識中，反覆思考著馬祖人怎麼看待自己與本島間的關係。這裡沒經歷過日本殖民統治（但二戰期間被日軍占領八年），離強國更近（距離閩江口不過三十公里），小三通可通往對岸兩個港口到大城福州，多數人說的是跟本島漢人不同的閩東話，歷史的偶然就這麼把四鄉五島共一萬兩千多人湊到中華民國這一邊。近年有好些「海歸馬青」厭倦本島，回鄉重啟人生，開店或經營民宿，清簡過活。林老師有空時會跟小蔡到一家咖啡民宿，女主人年約五十，隱約可歸納出她在金融業工作多年，前幾年回來準備開店。為了改建老家石頭屋，敲師傅檔期、等建材，好不容易才整理出兩間營業房，三樓自住，一樓交誼空間兼咖啡店。女主人偶爾發牢騷，說大費周章弄民宿，頭洗下去才知道競爭，賺不了幾個錢，又累。開了咖啡店真是自作自受，不僅得跟連鎖店競爭，整天只能待在店裡等客人，就算進了自豪的豆子也沒多少人可炫耀，很寂寞。接著她會端出兩杯手沖咖啡要林老師和小蔡喝喝看。他們聊到本島東移，女主人說，在本島生活久了，尤其待在臺北的人，真的很容易臺北看天下。我十幾歲就跟家人到中永和，過了三十年，待在臺北的長度是我在南竿的兩倍。回到南竿，真的覺得這裡是小地方，去附近的島要搭船，只能在水上來來去去，臺灣人還以為離島就是一個島，其實我們這裡有三十幾個島呢。你說臺灣要橫越太平洋？那就去啊，反正這兩個地方本來就是分開的，說是同一國，我是感覺不到啦，我小時候拿的鈔票上面還印著馬祖哩。馬祖要是獨立，我第一個贊成，省得讓那些本島人說什麼慢走不送的風涼話。小蔡會適時跟女主人聊點別的，讚美裝潢品味、形容咖啡香氣和味道，林老師不大開口，就聽她們說話。

他想到近來媒體報導的亮島人。據說在亮島發現的兩具骨骸，可上溯到八千年前的新石器時代，其中一具推估可能是第一批離開非洲的現代智人澳美人種的後代。也就是說，亮島人後代可能在六千多年前移入臺灣本島及東南亞島嶼，形成後來的南島語族各分支。結論是，臺灣原住民的祖先可能有部分來自福建沿海包括亮島在內的眾多島嶼。他們的語言在漫長的遷徙中長成了目前已知的一千三百種，登記在案後又不斷消失。他隨即想到自己最初習得語言的所在，也正在遷移的途中。這應該是史上第一次地理變動得比語言還要迅速。

學校放寒假到舊曆年除夕前，來了寒流，林老師整天窩在宿舍房間，開著電暖器，讀書、看片。電視新聞臺報著本島哪裡最低溫，往往都還比南竿外頭還高個好幾度。他只想裹著羽絨被，把自己捲成鐵火捲，擺在床鋪上，懶懶看影集，看到睡著，醒來，再看到瞌睡，再醒來。想到查看手機，才知道久未聯繫的大學生傳了訊息說人在南竿想碰面。時間是兩個多小時前。他的慵懶全被驅散，起身刷牙洗臉，冷水拍打在肌膚上凍得雞皮疙瘩浮起，穿戴好防寒裝備，跨上單車，破風騎向連鎖咖啡店。

大學生待在溫暖的咖啡店內，臉頰、雙耳泛紅，從手機螢幕擡頭，向他招手。林老師領他坐上腳踏車後座，前往民宿安置。大學生戴著口罩、毛帽，靠在林老師的背上，一路發抖。他們看見宛如一顆大印章的石屋在薄霧中透出光亮，像是急著靠岸的船舶。屋內的女主人裹著披肩，縮在吧檯看影片，見兩人推門進來，才起身裝壺燒水。林老師介紹大學生是社團學弟，幫他要了間房。女主人說我還以為你跟小蔡都放假回臺灣了，林老師笑笑說有點不想回去呢。他們度過相當美好的幾天假期，林老師甚至沒回宿舍。

大學生回臺後，林老師繼續窩在宿舍床鋪，當一束鐵火捲。他猜想，再過一段時間，大學生會跟什麼人在一起，他們會共同搭乘那座移動之島航向太平洋另一側。二十年後，馬祖列島仍會待在原位，遙遙眺望他們曾經嚮往的本島，而本島終於將要抵達嚮往的座標，變成另一座島。原先隆起於水平面的島嶼離開後，留下一片抹除記憶、終於空白的海。正對著的視頻，插進廣告響起小蔡討厭的那首歌，「來去，來去，咱來去go to Hawaii——來去，來去，咱欲從臺灣飛出去——」

林老師突然想到，媽祖知道背對自己的島離開了嗎？

字母會 I 無人稱

潘怡帆

評論

Impersonnel

盧郁佳逐步剝開「借來的身分」，一層層地還原小說裡的「其實無人稱」。自稱吳蕊玟的美少女其實不是吳蕊玟，而是護送公主的婢女蔡惜。然而蔡惜不是家人都住國外的ABC，卻是母親到處借住院錢才生下的蔡「借」。不過，戶政人員看成「惜」抄錯，「蔡借」成為未曾登記在案之名，沒有名字的存在者，必須借用他人姓名（蔡惜）與身分的無名者。不同於「成為」或「蛻變」，「借、借用、借來」指向暫時之物，是終究不屬於自己的有待歸還，借錢生來的孩子卻成為無法被命名而固定的在場。「借」的流動與未定構成一開始就搞錯的（或也只能搞錯身分）根本未曾被生下的蔡惜。被生下的是蔡借不是蔡惜，被留下來的是蔡惜而非蔡借。蔡借借用了蔡惜的名字，蔡惜是「沒住人」的空殼名字，如同整篇小說的主角吳蕊玟其實只是一套制服的在場，殼一般的存在。有別於蔡惜，吳蕊玟是另一種空殼的構造。男孩僅止於暗戀者的身分，阻隔了對吳蕊玟的清楚認識，她是以背影與臉書動態在場的空殼，一襲關於愛的衣裳。任何人穿上她，都能成為被愛的對象，穿上蔡惜，則成為不被愛也無人知曉的匿名者，因而蔡惜與社工阿姨相互指認為蔡惜：「蔡惜，女孩子家先懂得保護自己……阿姨妳才是蔡惜……」蔡惜是沒穿上吳蕊玟制服的任何一人，是無所謂任何人的「無人稱」。兩件「裡面沒人」的空殼女孩構成了盧郁佳小說的基調，像病毒感染，她們通過一次次脫掉借來的身分使眾人跟著蛻殼，成為借用身分之人：老實的貨車司機借穿了性侵犯的外衣，渴愛的男朋友不知不覺地套上主人的衣裳，父親、親戚與法官紛紛侵蝕掉和善的外皮，露出冷酷與陌生的另一張臉……人人都是帶殼之人，穿脫衣裳間，蛻／兌成另一種身分，另一重艾略特筆下被稻草填滿的《空心人》。身分移動與意義重置（蔡惜或吳蕊玟，劉又森是好人或壞人？司機是愛人或侵犯者？）一再抹除小說人物的清晰面孔，掏空皮囊內的實質血肉，製成「無人在場」的純粹空城／殼。在那敞開大門的誘惑裡，是使誤判有人的其實沒人，是把死亡（有人點燈的沙灘）錯當成生命方向（月光海）而一再返來的「海龜」，是永恆面向海市蜃樓的「無人稱」。

童偉格以無數個說「我」的「我」，堆積不斷由四處湧現與變動的微小知覺，形構「我」的無臉孔。「我」的遷徙一再變更「我」所有可供辨認的線條，這是「無臉」的建構而非臉的抹消，因為「我」的陌異性與暴增「我」有關，而有別於「我」的喪失。小說一開場便指出「我」如何存在的規章（想像我的島）：「在那裡，每件事都會發生兩次以上，而發生過兩次以上的事，會等於沒發生過」，所以，「我把車子賣給下一個我」（還是我）、「曾經住過的Q號房，現在空著。我再搬進去，像沒離開過」（我還在）……不斷魚貫而出的「我」，一再取消「我不在」的可能，唯獨剩下那像從沒離開過的「我」的無限複製。然而，「發生過兩次以上的事，會等於沒發生過」，當每個人都是「我」的時候，我，不在。於是，我與「妳」的旅行是妳「獨自逛市區」，我化作妳毋須記憶（面孔特徵）的純粹動力，帶妳「穿過街道，直接向海開去時，我想起，這片街區我待過」，因為「我在」總已是重複「我」，亦即妳口中的Wendy、Andie、Betty、Cindy、小歪或者Mary，甚至是「我缺席」的還是我：「我們有的還在路上，有的已經抵達。……最新的我，和之前每一個我一樣，在上午出門，赴機場候位。」關於「我」的這些「我們」，相同的矮、壯、黑，以至於面對妳的呼喚，「我不知道妳是不是在跟我說話，說的是不是我」，但是沒關係，「我就是這樣抵達妳的，前一個我，下一個我，皆是如此。」因為一旦重複「我」的「我」厭倦了複製，停止重複（妳的行程、妳的墓園、妳的盆栽挑選……），「我」便不再（在）了：剔除在Wendy、Andie、Betty、Cindy、小歪或者Mary以外的無存在。「無人稱」原是說「我」的不可能，童偉格卻揭開禁令地「我聽、我聞、我感知……」，然而，我之謂我的特異性卻不斷從作者描述的每一個細微的變動中沙瀉：「我、我們、限重七公斤……」，說「我」於是成為童偉格取消「我說」的蛻變成故事。

顏忠賢通過使日常蛻成「非我之物」，揭露「無人稱」的陌異性。深夜看電視的日常，廣告轉臺的日常，開電視聊天的日常，洗頭聽八卦的日常，戀愛接連不斷的日常，貓、女生們與家居的日常……這些生活中不曾深刻銘記，日復一日卻不積累更多印象，不需要通過「我要、我想、我能……」介入思考，僅止於透過反射神經即可一再被重複的「做什麼」就是潛藏在日常一般性中的無人稱。普遍性的無人稱，就像不知不覺包圍住《城堡》裡的K的鄉民，把主角莫索當《異鄉人》來觀察的眼睛，他們通常有別於單個人的「我、你、他」，而是無性繁殖無數個「我們、你們、她們」。普遍、平庸、尋常、了無生氣……這些人只為襯托主角的特異性而存在，換言之，他們的存在（如果有）也是為了訴說主角而非被說。沒有人想看例行公事的日常生活，但所有人都知道，最可怕的風暴往往誕生於最無波折的日常，因為那使危機感迫近到每個人的生活周遭。《城堡》裡的K或《異鄉人》莫索確實古怪，前者挫折不斷卻仍一意孤行，後者面對自己或身外大小事都同樣冷漠。然而，還存在著另一種未被說明清楚的，卻更加無法理解的純粹陌異性：那群不分青紅皂白配合K的謊言，與之起舞的鄉民們，看似溫和卻口徑一致地曲解莫索的人們。《城堡》裡的K和《異鄉人》莫索或多或少都符合一般大眾對「怪異」的定義與想像，亦即違反常規、常理的，是日常中的非日常，換言之，他們是可理解的奇怪。然而，小說中圍繞著他們的群眾卻是無法理解的陌異，他們既無法以「怪異」自我解釋（怪異的是K，是莫索），卻也不再能通過「日常」來解釋。因為他們是經歷著非日常（怪人K與莫索）的日常，是再也無法重返日常的非比尋常，是怪異的倍增而非縮減。就像劫後餘生的災民只剩下浩劫後的「非尋常人生」，而無法使時光倒回原初的正常的生活。顏忠賢拼貼日常，使無臉孔之人（屬於眾人、群演的無特色臉孔）集體曝光，在毋須聚焦處聚焦。一旦日常進入鎂光燈的視線範圍，則再無可躲藏的死角，再無可匿名的群眾，因為日常在聚光燈下進入「再不可能日常」遍處戲臺的恐怖循環。小說裡的她們徘徊在她、她們和另一個她之間，看似不同的角色卻被事件群尾首相啣，宛如一條彎過身來咬著自己尾巴的蛇，銜接成同一個她的同一則故事。然而，每個連接又同時是暴露拼貼的陌異關係：「宅男」電影連接著疏離暴力（福音戰士）與主宰暴力（超能失控），「快睡著了」連結著令人厭煩的姦淫夢境與現世的愛情羈絆……故事（綜藝節目、電影、夢、八卦、廣告裡的故事、幻想）不斷被廣告（不同主題的）切換又接棒，差異又同一的不斷抹除可被辨識（奇怪的、尋常的）或可被記憶面孔地蛻成純粹陌異。

駱以軍的「無人稱」講述一份丟失的手稿，小說通過重複發生的刪除運動，使缺席的稿件因為陰魂不散的「不見了」而無法消失。手稿不見了、作者不見了（「啵」一聲整個沒入）、出版社女老闆不見了（死了），手稿保存者不見了（文件徹底消失而導致手／守稿失格的敘事者）……這些被指名（筆記本、身體、生命、身分）的取消，因為「被提及」而在場，進而打開了想像故事（稿件是什麼？）的可能：偷窺的可能，剽竊「無人知曉的廢紙」的幻想，鱗粉眼影女孩的討稿出場……這些虛構與幻想都奠基於「此不在」的可能性上，必須先有缺席，才能想像那「被缺席」之物，構成傳說。弔詭的是，這些無中生有的故事似乎同樣繼承了丟失手稿的刪除運動，再度自我取消：偷窺是忘記偷窺的憑弔，稿子的缺席導致鳩占鵲巢的不可能性，女孩的處女懷胎與手稿的敘事者扭接合拍，他們同樣被強迫（被女老闆、被那根雞巴）背負著與他們無關的存在而存在（別人的稿子、別人的妊娠）又因為存在的缺席（消失的手稿、消失的嬰兒）而被迫離開自己原來的身分，變身為「竊物少女」的假想與嬰兒腦中的公路電影……身分的一再交錯與對換使讀者察覺到，這一切可能只是「弄丟的手寫札記中的，潦草凌亂的一小段文字」，換言之，它們都是故事不見了的後果，是關於故事的故事。因為「故事不見了」，妄想、敘事者與女孩才紛紛現身，然而，基於同樣的理由，他們與故事的關係也無從確認。缺席的稿件使周邊的發生陷入疑雲，被消失的是無人知曉之物，因而誰也無法確認自己與它的關係，更無法與之切斷關係。必須先有存在物才能將之取消，誰也無法取消從來不認識之物，亦無法實際刪除一份

「誰也沒有真正認識到」的稿件。「丟失稿件」的故事取消了故事內外的界線，因為所有的故事都發生在稿件的內容之外，故事外的故事使原本能夠以域外之聲（外於故事的全知觀點，即作者）宣布故事結束的敘事者，失去能夠置外於故事的可能。他無法從外面終結故事，因為故事與他同在稿件「外面」，使他成為故事的一環，成為那湮沒在故事堆裡的丟失的敘事者。

五十歲的婚禮、十九歲的葬禮、或許青檸或許橙黃的計程車、黑色的碩大靈車……胡淑雯的「無人稱」以符號逐步汰換說話者（大暮死了、母親死了、外公死了、老同學的逐一凋零），使記憶逐漸蛻成無法再被辨識或打開的密封瓶子。前人制約的意義隨前人逝去，後人的詮釋不傳承自前人的思想，因為他看守的是物質。他的對象是物質留住的記憶，不是任何人對它的意義限定，而是所有人稱意義消失後，由物質擔綱喚起的莫名情感，無人稱就此誕生。小說阻絕所有人與人之間的溝通，大暮交付血色信件給敘述者，然而真正的解讀方式卻因為始終無法與閱讀者溝通（大暮出事前一夜，曾經找我談話，我說今晚沒空改天吧。隔天他就摔車了）遭到最後封印（撕碎了它、將它燒成灰燼）。敘述者從未在小說中提及信件的內容，雖然她讀了一遍又一遍，但被牢牢嵌進小說的，是一片大紅色歇斯底里的、三頁對摺再對摺的、折成小塊的、長出新指甲又爬又抓的、拳頭衝撞的、批改、審判、教訓……關於信件最物質的記憶。大暮私人的心情終結在敘述者死守的祕密裡，眾人只能徘徊在靈魂抽空的物質軀殼外，揣測著關於大暮的種種真相（自殺或意外？煞車或酒精？）。聽不懂的遺言、沒看見的唇語、不外傳的心事、死亡、中風、阿茲海默……小說中無人能交付死者的話，傳達意旨的信件灰飛湮滅，連姓名也終將無人記憶。消失的人格使大暮化作一封血色的信件，燒燼的內容使信件得以乘載任何內容，如同「老同學」是同學、舊友、舊識、舊獄友，紀念公園可以遊戲，而運動也埋葬槍決場。從陌生面孔中浮現大暮的輪廓，為「過去」淌下的眼淚分流向最私密的交誼與最公眾的歷史傷害……由是，胡淑雯描述了一個文學記號誕生的過程：一封終將無人稱的血色信件。

黃崇凱以時空方位思考小說的無人稱。時空是小說的創造根源，「在很久很久以前……」或「在遙遠的彼方……」，距離擴增想像，遠離此時此地，確保了想像虛構所有環節與情境的可能性。愈遙遠的距離，愈增添小說的神祕與魔幻，愈金絲銀線亂針的細節，愈難辨識從小說中離場的回頭路。因而卡夫卡在通往《城堡》的木橋上漫起大霧，阻斷與外界的溝通。普魯斯特在《追憶逝水年華》中虛構了不通往現實世界的貢布雷。卡爾維諾建造了只能通過語言追索的《看不見的城市》……他們倍增通往小說的距離，倍增讀者抽身的困難，使人迷失在小說的語境，丟失自身所在所是。遠方成為專屬於小說的方位，因為陌異，世界法則可以重新定義，官僚體系、社交圈、說故事重新測度小說的維度。需要一段距離以便張開故事的結界，「持續移動」

則構成小說最神祕也最難以捉摸的距離之一，因為它總是正從被描述的，最精準的那個位置離開：「每天早上九點，我們的手機會收到政府發來的里程數簡訊。」無知無覺卻無時不刻地遷移（他不知道本島正在疏遠離島……她不知道島正迎向更遠處的海）使政府公布里程數字的瞬間，島嶼再度漂離它被計算的位置。言說永無止盡追捕移動（地理變動得比語言還要迅速），向永恆無法抵達（或只能想像抵達）的距離靠攏。小說於是恆處於「有待確認」的遷移中，無論是島嶼究竟要駛向哪裡？討海人究竟該轉向哪種產業？「臺、澎、金、馬」的後續關係（遠距戀愛？或最終將遭強國的近水樓臺？），林先生與大學生的離島曖昧（怎麼不回本島，跟著大家一起走）……隔著距離，才衍生想像，構成故事，如同外語寫成的標語「Don't 移」，究竟是「凍移」或「東移」？正在漂移的島啟動了一切意義的漂移，參拜成了道別，看海成了送行，保持距離也許不是因為不愛，而是為了保有愛，保有想像，保有故事的可能，而遷移或許是為抹除記憶，回歸空白，成為可以重新說故事的無名島。

陳雪的「無人稱」小說啟動於編劇者與被監禁者之間的對偶敘事。小說從房子的最外層說起，修整良善的綠草坪上散落著「滿布細微裂痕」的，有待修繕的舊玩具，白色的卡車載回了「手上抱著大紙袋裝的物品」的男主人。木造的主屋滿布厚重窗簾，堆疊過高的而「岌岌可危」的舊物，把空間裡的光線拗摺成灰質色調，必須穿過細窄的過道（因為到處堆滿物品）與綴接擁擠的地下小窟（被工具、辦家家酒玩具填充的）才可抵達那被監禁者的密室。被監禁的女孩像玩偶般被左右著，「那人可能來了，也可能為了戲弄我，會在靠近門前突然回身走開。最初，我懼怕他來，使我受苦，之後，我期待他來，因他不來我便失去生存所需，於我有害。」表面上，這是斯德哥爾摩症候群的成病典型，然而，繪聲繪影娓娓道來的細節卻彷彿成了由受害者主編的劇碼。想像越過她獨自一人的洞穴，她為她的監禁者綿密且細緻地加蓋一幢獄外的牢籠。有別於她所擁有的彩色光線，給監禁者的牢籠只有監獄色的灰白光，她用勞碌的工作凌虐他，用殘破敗毀的玩具裝飾他，用疊床架屋的空瓶和垃圾監禁他，用「兩頰鬆脫下垂，嘴唇乾癟，眼窩凹陷，蒼白臉龐皺紋深刻密布」的無神母親圈綁他，用威權的父親鎮壓他……她讓他沒有往外逃生的可能，因為他的絕望正在「外面」，而他唯一的救贖就是鑽回到她這所矮小、空缺的囚籠裡，雙手奉上他的獻祭（被撞死的鹿），成為她的玩偶。然後，她會擺出他想要的姿態（即使展現焦慮或緊張，也僅是表演而已），歡迎他進入她的迷你劇場：「他推開門進來了。」這是在文學內部啟程的尤利西斯之旅，不斷地把外面翻摺成文學（虛構）裡面，因為玩偶（受害者）或玩偶的玩偶，只有透過連續不斷地文學拗摺，才有可能離開受害者「我」的現世角色，一如薩德的《索多瑪120天》，以成為故事風景之一的方式，繪製「非人的」域外風景。

七個小說家為同一個「無人稱」主題編造了七種風格乖異的小說作品：盧郁佳「借來的身分」，童偉格「取消我」的說故事，顏宗賢純粹陌異的「無人日常」，駱以軍以無手稿丟失了敘事者，胡淑雯製作文學符號，黃崇凱無名島的空間再造，陳雪的「誰在說故事」。如此迥異的章回合體，使得「無人稱」的定論重回定論不可能的「作品的無人稱」。書寫無人稱的作品必須同時能使書寫重回無人稱之姿，以便等待（再）書寫，亦即必須成為促使創造的動力而非僅止於做創作。由是，書寫必然航向全方位且永恆回歸的文學漫途。

作者簡介

◉策畫

楊凱麟

一九六八年生，嘉義人。巴黎第八大學哲學場域與轉型研究所博士，臺北藝術大學藝術跨域研究所教授。研究當代法國哲學、美學與文學。著有《虛構集：哲學工作筆記》、《書寫與影像：法國思想，在地實踐》、《分裂分析福柯》、《分裂分析德勒茲》與《祖父的六抽小櫃》；譯有《消失的美學》、《德勒茲論傅柯》、《德勒茲，存有的喧囂》等。

◉小說作者（依姓名筆畫）

胡淑雯

一九七〇年生，臺北人。著有長篇小說《太陽的血是黑的》；短篇小說《哀豔是童年》；歷史書寫《無法送達的遺書：記那些在恐怖年代失落的人》（主編、合著）。

陳雪

一九七〇年生，臺中人。著有長篇小說《摩天大樓》、《迷宮中的戀人》、《附魔者》、《無人知曉的我》、《陳春天》、《橋上的孩子》、《愛情酒店》、《惡魔的女兒》；短篇小說《她睡著時他最愛她》、《蝴蝶》、《鬼手》、《夢遊1994》、《惡女書》；散文《像我這樣的一個拉子》、《我們都是千瘡百孔的戀人》、《戀愛課：戀人的五十道習題》、《臺妹時光》、《人妻日記》（合著）、《天使熱愛的生活》、《只愛陌生人：峇里島》。

童偉格

一九七七年生，萬里人。著有長篇小說《西北雨》、《無傷時代》；短篇小說《王考》；散文《童話故事》；舞臺劇本《小事》。

黃崇凱

一九八一年生，雲林人。著有長篇小說《文藝春秋》、《黃色小說》、《壞掉的人》、《比冥王星更遠的地方》；短篇小說《靴子腿》。

駱以軍

一九六七年生，臺北人，祖籍安徽無為。著有長篇小說《匡超人》、《女兒》、《西夏旅館》、《我未來次子關於我的回憶》、《遠方》、《遣悲懷》、《月球姓氏》、《第三個舞者》；短篇小說《降生十二星座》、《我們》、《妻夢狗》、《我們自夜闇的酒館離開》、《紅字團》；詩集《棄的故事》；散文《胡人說書》、《肥瘦對寫》（合著）、《願我們的歡樂長留：小兒子2》、《小兒子》、《臉之書》、《經濟大蕭條時期的夢遊街》、《我愛羅》；童話《和小星說童話》等。

盧郁佳

基隆人。著有長篇小說《愛比死更冷》；圖文書《帽田雪人》；散文《吃喝玩樂最善良》。

顏忠賢

一九六五年生，彰化人。著有長篇小說《三寶西洋鑑》、《寶島大旅社》、《殘念》、《老天使俱樂部》；詩集《世界盡頭》，散文《壞設計達人》、《穿著Vivienne Westwood馬甲的灰姑娘》、《明信片旅行主義》、《時髦讀書機器》、《巴黎與臺北的密談》、《軟城市》、《無深度旅遊指南》、《電影妄想症》；論文集《影像地誌學》、《不在場——顏忠賢空間學論文集》；藝術作品集《軟建築》、《偷偷混亂：一個不前衛藝術家在紐約的一年》、《鬼畫符》、《雲，及其不明飛行物》、《刺身》、《阿賢》、《J-SHOT：我的耶路撒冷陰影》、《J-WALK：我的耶路撒冷症候群》、《遊——一種建築的說書術，或是五回城市的奧德塞》等。

◉評論

潘怡帆

一九七八年生，高雄人。巴黎第十大學哲學博士。專業領域為法國當代哲學及文學理論，現為科技部人文社會科學研究中心博士後研究員。著有《論書寫：莫里斯・布朗肖思想中那不可言明的問題》、〈重複或差異的「寫作」：論郭松棻的〈寫作〉與〈論寫作〉〉等；譯有《論幸福》、《從卡夫卡到卡夫卡》。

駱以軍專輯從字母會策畫者楊凱麟以「pastiche」(擬仿)這個詞評論駱以軍開始，駱以軍在字母會的二十六篇小說，證明他是強大的文學變種人，就像孫悟空一樣，可以自行幻化成無數機靈小猴，不只七十二變。德國哲學背景的蔡慶樺則從康德哲學解讀《女兒》，認為絕美的女兒眾神的毀滅，是這個世界正常化的過程，但女兒們還是可以不遭遺棄，得到幸福。我們將在這篇書評深入理解駱以軍的存在論。長達二萬四千字的專訪，駱以軍細談自己的文學啟蒙、如運動員般地自我鍛鍊，以及對文學發展的看法，並提及這三年面臨的生命崩壞。翻譯《西夏旅館》得到英國筆會翻譯獎的辜炳達，則撰文描述他如何從《西夏旅館》讀到了《尤利西斯》，在著迷中一頭栽進翻譯的艱困旅程，他列舉翻譯這本書的五大難題。透過這四個不同角度，期待能全面而完整地透視這位當代重要的華文小說家。

MAN *of* LETTER

n.[c] 有著字母的人；有學問者。

LETTER，字母，是語言組成的最小單位；複數時也指文學、學問。透過語言的最小單位，一個人開始認識自己與世界，同時傳達與創造所感所思，所以LETTER也是向世界投遞的信函；《字母LETTER》是一本文學評論雜誌，為喜好文藝的人而存在。

字母LETTER：駱以軍專輯
Vol.1 2017 Sep. 定價 150 元

陳雪專輯以企畫專題「承認情感匱乏」前導。情感是人的標記，是人與他人關係之源，各種共同體存在可能的基礎，因此不僅是研究者與創作者探究幾千年的重要課題，更是凡人每日所需、所困與追尋一生的命題。蔡慶樺、魏明毅、黃哲斌分別從哲學史、社會心理、網路現象三方角度切入，探討當代社會情感匱乏現象，以深入關照當代人的內在困境，呼應本期「陳雪專輯」。一九九五年因《惡女書》成名而被冠上酷兒作家的陳雪，在二十多年的不斷蛻變中，以著作撐開家庭創傷、愛與性的冒險、同性戀與異性戀的情感追尋與各種被妖魔化的生命。曾經人生如著火入魔的陳雪，二〇一一年與同性伴侶早餐人的婚姻宣告之後，如地獄不空誓不成佛的地藏王，以拉子姿態成為戀愛教主。專輯將以四篇評論與專訪呈現陳雪的追尋之路。字母會策畫者楊凱麟在作家論中以「affect（情感）」為陳雪的關鍵字，評論陳雪是精神與肉身皆升壓的「情感競技」。兩位書評者，王智明以陳雪最新散文集《像我這樣的一個拉子》，評述陳雪如何自白拉子的淬鍊，並從飛蛾撲火的陳雅玲以寫作羽化成蝶，再造自己為小說家陳雪；韋炳達從建築空間與推理文類的發展史，重新定位《摩天大樓》落在世界文學史上的位置。人物評論則由楊美紅撰寫陳雪作品中來自底層的滾動力道。本期專訪則由兩家出版社編輯聯訪陳雪，陳雪將道出如何以文學自我教養，持續書寫所欲捕捉的傷害之內核，及二十多年來寫作的階段性變化，並談及近年寫臉書、散文，以及參與同志運動的想法，陳雪如今已是一個活活潑潑的陳雪。

字母 LETTER：陳雪專輯
Vol.2 2017 Dec. 定價 250 元

字母 11

字母會 I 無人稱

作　者——楊凱麟、盧郁佳、陳雪、童偉格、駱以軍、顏忠賢、胡淑雯、黃崇凱、潘怡帆
總編輯——莊瑞琳
責任編輯——吳芳碩
行銷企畫——甘彩蓉
封面設計——何佳興
內頁設計——張瑜卿
排　版——宸遠彩藝

社　長——郭重興
發行人兼出版總監——曾大福
出　版——衛城出版／遠足文化事業股份有限公司
發　行——遠足文化事業股份有限公司
地　址——二三一四一　新北市新店區民權路一〇八－二號九樓
電　話——〇二－二二一八一四一七
傳　真——〇二－八六六七一〇六五
客服專線——〇八〇〇－二二一〇二九
法律顧問——華洋國際專利商標事務所　蘇文生律師
製　版——瑞豐電腦製版印刷股份有限公司
初　版——二〇一八年一月
定　價——二八〇元

國家圖書館出版品預行編目資料

字母會I無人稱 / 楊凱麟等作.
－初版.－新北市：衛城出版：遠足文化發行，2018.01
面；　公分.－(字母；11)
ISBN　978-986-95892-5-3（平裝）
857.61　　　　106025198

ACROPOLIS 衛城

字母會 FACEBOOK

填寫本書線上回函

● 親愛的讀者你好，非常感謝你購買衛城出版品。
我們非常需要你的意見，請於回函中告訴我們你對此書的意見，
我們會針對你的意見加強改進。

若不方便郵寄回函，歡迎傳真或EMAIL給我們。
傳真電話——02-2218-8057
EMAIL——acropolis@bookrep.com.tw

或上網搜尋「衛城出版FACEBOOK」
http://www.facebook.com/acropolispublish

● 讀者資料

你的性別是 ☐ 男性 ☐ 女性 ☐ 其他

你的職業是 ________________ 你的最高學歷是 ________________

年齡 ☐ 20 歲以下 ☐ 21-30 歲 ☐ 31-40 歲 ☐ 41-50 歲 ☐ 51-60 歲 ☐ 61 歲以上

若你願意留下 e-mail，我們將優先寄送 ________________ 衛城出版相關活動訊息與優惠活動

● 購書資料

● 請問你是從哪裡得知本書出版訊息？（可複選）
☐ 實體書店 ☐ 網路書店 ☐ 報紙 ☐ 電視 ☐ 網路 ☐ 廣播 ☐ 雜誌 ☐ 朋友介紹
☐ 參加講座活動 ☐ 其他 ________

● 是在哪裡購買的呢？（單選）
☐ 實體連鎖書店 ☐ 網路書店 ☐ 獨立書店 ☐ 傳統書店 ☐ 團購 ☐ 其他 ________

● 讓你燃起購買慾的主要原因是？（可複選）
☐ 對此類主題感興趣
☐ 參加講座後，覺得好像不賴
☐ 覺得書籍設計好美，看起來好有質感！
☐ 價格優惠吸引我
☐ 議題好熱，好像很多人都在看，我也想知道裡面在寫什麼
☐ 其實我沒有買書啦！這是送（借）的
☐ 其他 ________

● 如果你覺得這本書還不錯，那它的優點是？（可複選）
☐ 內容主題具參考價值 ☐ 文筆流暢 ☐ 書籍整體設計優美 ☐ 價格實在 ☐ 其他 ________

● 如果你覺得這本書讓你好失望，請務必告訴我們它的缺點（可複選）
☐ 內容與想像中不符 ☐ 文筆不流暢 ☐ 印刷品質差 ☐ 版面設計影響閱讀 ☐ 價格偏高 ☐ 其他 ________

● 大都經由哪些管道得到書籍出版訊息？（可複選）
☐ 實體書店 ☐ 網路書店 ☐ 報紙 ☐ 電視 ☐ 網路 ☐ 廣播 ☐ 親友介紹 ☐ 圖書館 ☐ 其他 ________

● 習慣購書的地方是？（可複選）
☐ 實體連鎖書店 ☐ 網路書店 ☐ 獨立書店 ☐ 傳統書店 ☐ 學校團購 ☐ 其他 ________

● 如果你發現書中錯字或是內文有任何需要改進之處，請不吝給我們指教，我們將於再版時更正錯誤

請沿虛線剪下

廣告回信
板橋郵局登記證
板橋廣字第1139號

請直接投郵•郵資由本公司支付

23141
新北市新店區民權路108-2號9樓

衛城出版 收

● 請沿虛線對折裝訂後寄回，謝謝！

ACRO POLIS 衛城出版

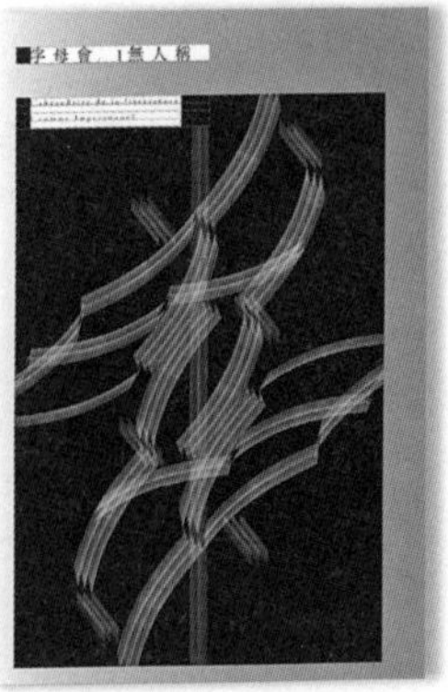